제주
탐묘생활

히끄네 집, 두 번째 이야기

제주 탐묘생활

히끄네 집, 두 번째 이야기

글 · 사진 이신아

야옹서가

남들과 다르게 산다는 게 힘들고 불안했던 때가 있었다. 하지만 제주에 정착하며 깨달았다. 회사에 다니지 않아도, 결혼하지 않아도, 부모님이 원하는 대로 살지 않아도 괜찮다는 걸. 이제 나는 미래를 걱정하는 대신 현재에 충실히 살아가고 있다.

제주에서 뭔가 시도한 일이 있다면 그건 히끄를 위한 거였다. 히끄와 살고 싶어서 낡은 시골집을 고쳐 민박을 열었고, 히끄와 먹을 채소를 텃밭에 키우다 재미를 느껴 본격적으로 농사를 배웠다. 유기농 인증을 받아 직접 키운 당근과 단호박으로 반려동물 간식 업체와 함께 간식을 만들고, 히끄를 키우면서 아쉬웠던 고양이 용품을 반려동물 플랫폼 업체와 함께 만들었다.

2022년부터는 제주의 제철 과일과 채소를 파는 온라인 가게 '히끄네 농장'도 시작했다. 히끄를 만나기 전에는 상상해 본 적도 없는 일이었다. 새로운 일에 도전하는 일이 즐거워졌고, 사람들의 좋은 반응을 보며 보람도 느낀다.

어린 시절엔 집에 들어가기 싫어 대문 앞을 서성거리던 날이 많았다. 내게 행복한 가족이란 선택된 사람에게만 주어지는 것처럼 느껴졌다. 부모님은 왜 그토록 싸우면서도 함께 살았을까? 집이 화목했다면 일찍 독립할 이유가 없었고 제주에도 오지 않았을지 모른다. 길고양이 시절의 히끄에게 마음이 갔던 건, 갈 곳 없어 마당을 서성이던 그 고양이에게서 어린 시절의 나를 보았기 때문이다. 마음으로 꼭 닮은 우리는 진정한 가족이 되었고, 지난 시간을 보상받듯 행복한 나날을 보내고 있다.

2017년 10월 《히끄네 집》을 출간했지만, 나와 히끄의 이야기를 다시 책으로 쓰게 될 줄은 몰랐다. 할 수 있는 이야기는 그 책에 다 풀어놓았다고 생각했기 때문이다. 하지만 한겨레신문사의 동물 전문 매체 〈애니멀피플〉 연재 제안을 받으면서 동기 부여가 되어 글쓰기를 계속 이어갈 수 있었다.

그렇게 5년간 연재했던 50여 편의 칼럼이 《제주탐묘생활》의 씨앗이 되었다. 이를 시의성 있게 다듬고, 새로 쓴 몇 편을 더해 《히끄네 집》 후속편으로 선보인다. 우리가 제주에서 어떻게 행복하게 지내는지, 앞으로 어떤 삶을 살아갈지 궁금해하며 응원해 준 독자들께 작은 선물이 되었으면 좋겠다. 아울러 저자로서 경력이 일천했던 나를 눈여겨보고 연재를 제안해 준 한겨레 신소윤 기자, 오랫동안 원고를 도맡아 준 김지숙 기자께 특별히 감사의 마음을 전한다.

- 2023년 1월 이신아

이신아 작가를 오조리 마을에서 몇 번 마주친 적이 있다. 인상만으로 좋은 사람 같았는데 어느 날은 불쑥 나에게 초당옥수수를 건네며 웃어주었다. 아닌 게 아니라 자신이 기르는 고양이 '히끄'만이 아닌 담장 바깥의 길고양이들까지 챙기는 따뜻한 마음의 소유자이니 이미 좋은 사람 이상이겠구나 싶었다.

나는 SNS를 다리 삼아 멀찍이서 그녀가 살아가는 방식과 철학을 마음으로 응원하고 지지하고 있다. 거센 바람이 자주 마을을 들었다 놓았다 하는 그곳이지만 그녀는 특유의 건강한 심신으로 그 바람들을 잘 맞이하고 잘 보내고 있었다.

이신아 작가의 미덕들이 이 책에도 켜켜이 쌓이고 있음을 한 장 한 장을 넘기며 알았다. "오조리의 맑은 아침은 이 사람의 환함 때문이었구나. 이 사람이 여기 살고 있는 한, 이 땅의 기운은 더 풍요롭게 차오르겠구나" 싶었다.

제주의 고양이는 무구하게 시간을 쌓는다. 고양이들이 어질러 놓은 자리는 사랑으로 치워지고 아름다워진다. 그만큼 그렇게 이신아 작가는 이 세상의 한 귀퉁이 섬에서 사랑과 행복을 조각하고 있다.

— 이병률(시인·여행작가)

세상 앞에서 한없이 작기만 했던 '히끄 아부지', 그보다 한없이 작은 히끄. 그 뾰루퉁 쪼꼬미와의 만남으로 세상에 맞설 힘을, 작은 친구들을 돌아보는 따스한 마음을 얻게 된 사람. 이 '1인 1묘 가족'의 유쾌한 제주 생활로 가득한 책을 보고 있노라면, 포자만두 같은 내 곁의 고양이가 더욱 소중해지고 세상 모든 고양이의 행복 또한 바라게 된다.

이 책을 한 번이라도 펼친다면, 남부럽지 않은 머리 크기와 다소 옹졸해 보이는 표정마저 한없이 사랑스러운 히끄의 매력에 빠지지 않을 수 없을 것이다. 길에서 데려온 고양이라고, 혹은 다 커서 만났다고 해서 사랑의 깊이가 달라지지 않음을 히끄와 아부지는 생생하게 보여준다.

작은 사람의 애정이 작은 고양이에게 세상 전부가 되어 준 이야기, 그보다 더 작은 냥이가 나와 당신의 세상을 바꿔놓은 이야기. 매우 특별하면서도 매우 소소한 이 가족의 이야기에 함께해 주세요!

— 장나라 (배우·가수)

차 례

새끼 고양이를 위한 기도

이번 겨울은 유난히 혹독했다. 마을에 며칠씩 고립될 만큼 많은 눈이 내렸고, 제주에 정착한 지 5년 만에 처음 수도가 얼었다. 매일 밥 먹으러 오던 길고양이들도 갑작스러운 한파에 발길을 끊었다. 걱정스러운 마음에 아침이면 마당에 둔 길고양이 사료가 줄어들었는지부터 먼저 살폈다.

그렇게 춥던 제주에도 드디어 봄이 왔다. 봄을 알리듯 텃밭 구석에 흐드러지게 핀 유채꽃 너머 두 개의 돌덩이가 눈에 들어왔다. 올겨울 손수 묻어준 새끼 길고양이들이 잠든 곳이다. 겨울에 태어나 봄을 알지도 못하고 떠난 아이들의 마지막 모습이 떠올랐다. 그곳을 볼 때마다 마음에 묵직한 돌덩이가 내려앉는 것 같다.

사건이 터진 아침, 여느 날처럼 세수하러 욕실에 들어섰을 때였다. 세면대 앞에 큰 창이 있어서 양치할 때면 무의식적으로 밖을 보게 된다. 이를 닦으며 멍하니 창밖을 보는데, 평소 밥을 주는 떠돌이 개들이 뭔가 쫓아가더니 발로 툭툭 치며 물려고 했다. 안경을 끼지 않아서 처음에는 족제비나 새인 줄 알았다. 눈을 찡그려 초점을 맞추니 새끼 고양이였다. 정체를 깨닫자마자 개들을 향해 "안 돼!" 하고 외치며 잠옷 바람으로 뛰쳐나갔다.

고양이는 다행히도 물리진 않았지만, 고름이 가득 찬 눈을 제대로 뜨지 못했고 아파 보였다. 몸집을 보아 생후 한 달쯤 된 듯했다. 어미 길고양이는 출산 후 보금자리가 불안하면 다른 곳으로 이사하는데, 건강한 새끼들만이라도 살리려 아픈 새끼는 포기하기도 한다. 그렇게 버려진 고양이를 떠돌이 개들이 갖고 놀았던 모양이다. 순간 여러 생각이 스쳤다.

'병원에 데려가야 하나? 나는 차도 없는데 시내에는 어떻게 나가지? 월요일엔 육지에 볼일이 있어서 집에 없는데 누가 이 아이를 돌보지? 집에는 히끄도 있고, 임시 보호 중인 개 잔잔이도 있는데….'

생사의 갈림길에 선 생명 앞에서 나는 부끄럽게도 저울질하고 있었다. 급한 대로 안아 올리려 만졌더니 싫은지 입질했다. 물릴까 무서워서 집에서 장갑을 가져오려 했지만, 개들이 아직도 멀리서 지켜보고 있어 망설여졌다. 자리를 뜨면 다시 달려들 것 같았다. 용기를 내어 다시 뒷덜미를 잡으니 의외로 얌전히 몸을 맡겼다. 때마침 민박 손님이 체크인하러 와서 우선 고양이를 집에 데려다 놓기로 했다. 안방에 있는 히끄와 격리해야 해서 작은방에 두고 손님을 안내했다.

자리를 비웠다 돌아오기까지는 3분도 채 안 걸렸을 것이다. 그 짧은 시간 동안 새끼 고양이는 죽어 있었다. 방금까지 살아 있었는데 이렇게 빨리 떠나버릴 줄 몰랐다. 낯선 고양이의 기척을 눈치챘는지 히끄가 야옹거리며 울었다. 그 소리가 마치 새끼 고양이의 죽음 앞에 곡이라도 하듯 구슬프게 들렸다.

무거운 마음으로 새끼 고양이를 텃밭 한 곳에 묻었다. 개들이 파헤치지 못하게 큰 돌도 올려놓았다. 며칠 뒤에는 그 고양이와 형제인 듯한 다른 새끼마저 떠돌이 개의 공격을 받아 죽었다. 그 녀석도 먼저 세상을 떠난 고양이 옆에 나란히 묻었다.

평화로워 보이는 제주의 봄 풍경 뒤에는 이렇듯 삶과 죽음이 교차한다. 세상의 아름다움을 알기 전에 너무 일찍 떠난 고양이들을 위해 기도했다. 부디 다음 생에는 두 눈에 고름이 아닌 예쁜 세상만 담기를, 내가 목덜미를 잡았을 때 엄마 고양이가 데리러 온 거로 생각했기를, 네 몸을 무겁게 누르는 돌의 무게가 엄마 품에 너무 꼭 안겨 갑갑한 거라 느꼈기를 감히 바란다. 지켜주지 못해서 정말 미안하다.

마당 있는 집에 사는 즐거움

　　사방에 핀 봄꽃에 마음이 들뜬다. 외출보다 집이 좋은 집순이지만, 이런 날씨에는 집에만 있으면 손해 보는 기분이다. 그래서 하늘이 예쁜 날이면 민박 청소를 끝내고 자전거를 탄다. 시골이라 갈 곳은 도서관, 카페, 마트 정도로 빤하지만, 사방이 꽃길이니 나들이 기분을 내기엔 충분하다.

히끄도 봄바람이 단단히 났는지 아침밥을 먹고 마당으로 나가자며 보챈다. 길고양이였던 가락이 있어서 바깥세상에 대한 두려움이 없다. 한때 동네를 마음대로 누볐으니 그럴 법도 하지만, 집고양이가 된 지 오래인 데다 '외출냥이'로 다니는 건 위험해서 혼자 내보낼 수 없다.

다행히 우리 집엔 '삼무(三無)의 섬' 제주에 없는 것 중 하나인 대문이 있고, 담장으로 둘러싸여 있어 히끄가 안전하게 놀 수 있다. 이 집을 구할 때 가장 마음에 들었던 것도 작게나마 마당이 있다는 점이었다.

그냥 집과 '마당 있는 집'은 확실히 다르다. 고양이 이마만큼 좁은 마당이라도 있으면 마음은 부자가 된다. 특히 길고양이를 돌보기엔 이만큼 요긴한 공간이 없다. 오조리 길고양이 급식소가 지금처럼 번창한 것도 마당에 마음대로 밥그릇을 놓을 수 있고, 고양이들이 안심하고 쉴 수 있기 때문이었다.

그간 유리문을 사이에 두고 서로 얼굴을 익혀서인지, 길고양이들은 히끄가 마당 산책을 나와도 신경 쓰지 않았다. 원래 같은 무리였던 것처럼 서로 무심하게 앉아 있는 걸 보면 웃기기도 하고 신기하기도 하다.

마당은 담장으로 안전하게 둘러싸여 있지만, 히끄가 뜻밖의 점프 실력을 발휘해 뛰쳐나갈까 봐 몸줄을 해 준다. 몸줄을 꺼내면 마당에 나간다는 걸 아는 히끄는 현관문을 쳐다보며 빨리 나가자고 야옹거린다. 이럴 때는 꼭 강아지 같다.

문을 열어주면 기분 좋게 꼬리를 위로 쭉 뻗어 끝을 살짝 꺾고 가벼운 발걸음으로 현관을 나선다. 땅바닥에 좌로 굴러, 우로 굴러 반복하며 몸풀기를 시작으로 뛰놀다 보면 뽀얗던 몸이 어느새 꼬질꼬질해진다. '회끄'가 된 히끄를 한바탕 씻길 생각에 한숨이 나오면서도 실컷 놀았겠구나 싶어 흐뭇해진다. 하긴 히끄는 '물속성 고양이'라 다른 집처럼 목욕 전쟁을 치를 걱정은 없으니 다행이다.

새를 보면 잡고 싶어 채터링을 하고, 뽈뽈 기어가는 개미를 눈으로 좇고, 나비와 함께 춤추는 일. 마당이라는 자연의 축소판에서 히끄가 즐기는 일상의 소소한 기쁨이다. 담장에 올라 구름을 구경하고 햇볕을 쬐며 행복한 히끄를 보면 내 영혼도 충만해진다. 햇살 아래 그루밍하는 히끄 털이 민들레 홀씨처럼 휘날리면 우리의 행복도 봄바람을 타고 사방으로 번져 나가는 듯하다.

최고의 사진을 찍는 비결

　　　　　반려동물과 함께 살면 휴대전화 사진첩에 사람보다 동물 사진이 점점 늘어간다. 나 역시 사진의 90% 이상이 히끄다. 똑같은 사진을 왜 이렇게 많이 찍었나 의아하겠지만 내 눈에는 전부 다르게 보인다. 저장 용량 때문에 삭제할 사진을 고를 때도 '이 사진은 눈을 동그랗게 떠서 예쁘고, 저 사진은 눈을 감아서 귀엽네' 하고 고민하다 결국 몇 장 못 지우고 그대로 외장하드에 옮긴다.

히끄 사진을 보고 표정이 참 다양하다며 어쩜 이렇게 절묘한 순간을 포착했느냐고 묻는 사람이 종종 있다. 그때마다 "히끄만 특별히 예뻐서가 아니라, 함께하는 시간이 많아서 그런 모습을 포착할 기회가 자주 생겨요. 다른 분들도 집에 있는 시간이 많으면 예쁜 사진을 찍을 수 있을 거예요" 하고 대답했다.

정해진 시간에 출퇴근하는 일을 했다면 지금처럼 다양한 히끄의 표정을 찍기 어려웠을 것이다. 하지만 제주에 살면서 집 일부를 민박으로 운영하고 있어서 하루 중 대부분을 둘이 보내다 보니, 일할 때도 히끄가 뭘 하고 어떤 표정을 짓는지 틈틈이 보게 된다. 단독주택에 살아서 사계절의 변화를 그때그때 느낄 수 있고, 히끄가 마당에서 노는 걸 좋아해 배경이 다양해진 것도 좋은 사진을 찍는 데 한몫했다.

타고난 모델 같은 히끄지만 늘 사진 찍기가 수월한 것은 아니다. 뒹굴뒹굴 누워 지내는 걸 좋아해서 히끄가 서 있는 사진은 정말 희귀하다. 그루밍할 때는 주둥이에 한껏 힘을 준 탓에 옹졸해 보이고, 초점을 맞추는 동안 움직여 심령사진처럼 흔들린 사진만 남기도 한다. 가슴 밑에 앞발을 집어넣고 웅크린 '식빵 자세'를 취하면 너무 귀여워 서둘러 찍어보지만, 찍고 나서 사진을 확대하면 나를 올려다보는 눈동자엔 흰자위가 많아 왠지 불만스러워 보인다. 나 역시 그렇게 수많은 실패작을 양산해왔다. 매일 수시로 찍다 보니 그중 마음에 드는 사진을 건질 뿐이다.

마음에 여유가 없을 때는 좋은 사진도 찍기 어렵다. 하루는 바쁜 일정에 개인적인 일까지 겹쳐 일주일을 몸져누운 적이 있었다. 그 무렵 찍은 사진은 히끄가 자는 모습뿐이다. 내 몸 추스르는 것만도 버거워 사진에 정성을 쏟지 못했으니 당연했다.

최고의 사진은 가장 사랑하고 잘 아는 피사체를 찍을 때 나온다. 반려동물뿐만 아니라 사람을 찍을 때도 마찬가지다. 사랑하기 때문에 상대방의 단점이 사진에 담기지 않게 배려하고, 모든 순간을 기억하고 싶어 자주 셔터를 누르게 된다. 사진만 봐도 사랑받는 존재인지 아닌지 알 수 있는 건, 애정 어린 시선이 렌즈를 통해 자연스럽게 표출되기 때문이다.

예쁜 사진은 반려동물과 함께 많은 시간을 보내고 일상을 공유하는 데서 시작된다. 그러니 고양이 사진을 잘 찍는 비결은 '좋은 반려인'이 되는 비결과 일맥상통하는 게 아닐까?

시골 개의
슬픔

거실에서 놀던 히끄가 갑자기 문을 향해 하악거렸다. 얼마 전부터 흰 개가 마당에 출근 도장을 찍더니 오늘도 온 모양이다. 집주인이 하악질을 하거나 말거나 흰 개는 대문이 열려 있으면 들어와서 길고양이 사료를 훔쳐 먹었다. 다가가면 뒷걸음쳤지만, 사람이 싫지는 않은지 멀찍이 서서 꼬리를 흔들었다. 젖이 불어 있는 걸 보아 출산한 지 얼마 안 된 것 같았다.

어디서 온 걸까 궁금했는데, 집 옆 신축 빌라 공사장에서 일하는 분과 이야기하다 사연을 듣게 되었다. 공사장에 새끼 여덟 마리를 홀로 낳고 키운다 했다. 얼마 전 주민 신고로 근처 떠돌이 개들이 모두 잡혀갔는데, 흰 개와 새끼들도 잡혀가 안락사를 당할까 봐 못 데려가게 했단다.

흰 개에게 '엄마 백구'라는 의미로 '맘구맘구'라는 이름을 지어줬다. 사료만으로는 부족할 듯해서 황태 미역국을 끓여다 먹였다. 동물에 관심 없던 때였으면 무심코 지나쳤을 텐데, 히끄와 가족이 되고 나서는 길에서 마주치는 동물들에게 자꾸 마음이 쓰였다.

공사장에서 입양처를 알아봐 준 덕분에 강아지 일곱 마리는 입양 가고, 맘구맘구와 강아지 한 마리만 남았다. 이제 자식과 헤어지는 슬픔 없이 살겠거니 했는데, 얼마 후에 또 새끼를 일곱 마리나 낳은 게 아닌가. 허무했다. 이래서는 아무리 힘들여 입양을 보낸들 떠돌이 개가 늘 수밖에 없다.

대자연에 둘러싸인 제주의 겉모습만 보고 동물도 살기 좋겠다며 부러워하는 사람이 많다. 하지만 인구 대비 유기동물 현황 통계에서 꾸준히 전국 1위를 달리는 지자체가 제주도다. 언론에서는 제주도까지 와서 개를 버리는 '원정 유기' 문제를 지적했지만, 이곳에 살며 몇 년간 지켜보니 근본적인 원인은 따로 있었다. 시골 어르신들이 개를 키우는 방식 때문이다.

떠돌이 개가 생기는 과정은 이렇다. 흔히 '똥개'라 불리는 강아지를 시장에서 사 온다. 1미터짜리 줄에 묶어두고 잔반을 먹여 키운다. 개가 짖거나 똥을 싸면 귀찮아져 목줄을 풀어놓는다. 그럼 떠돌이 개가 된다. 이렇게 키운 개를 개장수에게 팔기도 한다. 그러고 나서 또 새로 강아지를 데려온다.

떠돌이 개 중에는 목줄이 살을 파고들어 생명의 위협을 받는 경우도 많다. 어렸을 때 버려졌다가 몸이 자라면서 작아진 목줄이 죄어오기 때문이다. 또 대부분 중성화가 되지 않아 임신과 출산을 반복하며 개체 수가 늘어나는데, 무리 지어 다니는 습성 때문에 길에 있으면 더 눈에 띈다. 개를 싫어하거나 무서워하는 주민들이 민원을 넣으면 붙잡혀 동물보호소로 가고, 공고 기한이 끝나면 안락사된다.

운 좋게 구조돼도 덩치 큰 혼혈견이 많아서 국내 입양이 쉽지 않고, 결국 해외 입양을 보내기도 한다. 시골 개의 현실은 안타깝지만 중성화 수술부터 임시 보호, 입양자 찾기까지 모든 게 구조자의 몫이 되는 현실에서는 구조를 결심하기도 쉽지 않다. 그런 나에게도 피할 수 없는 순간이 찾아왔다. 김신이라는 유기견의 모습으로.

김신과
'오조리 치유의 집'

김신은 어느 날부터 오조리에 나타났다. 눈 위에 점박이 무늬가 있어 '네눈박이'로 불리는 블랙탄 진돗개였는데, 꽤 훤칠한 미남이었다. 한카피 님이 드라마 〈도깨비〉에서 공유가 맡은 주인공 이름을 따 김신이라 불렀다. 김신은 우리 집 앞마당과 한카피 님 민박집에 번갈아 출몰하며 길고양이 사료를 먹었다. 따로 집이 있을 수도 있었기에 구조해서 입양처를 알아봐 주진 못했지만, 녀석을 내치지 않는 것만으로도 우리가 할 일은 다 했다 여겼다.

그런데 김신이 2017년 2월 말쯤 기침을 심하게 하고, 차에 치인 것처럼 걷지 못했다. 병원에 데려가니 바베시아와 심장사상충에 걸렸다고 했다. 바베시아는 원충이 적혈구 세포에 기생하면서 빈혈을 일으키는 병인데, 치료할 골든타임을 넘기면 사망 확률이 높다. 치명적인 병이 두 가지나 겹친지라 원장님은 "얼마 남지 않은 시간 맛있는 거나 먹이고 보내주세요" 했다.

그래도 아픈 개를 죽게 방치하는 건 아닌 것 같아 치료라도 해 보자고 마음을 모았다. 다행히 우리가 다니던 동물병원은 대동물 전문이라 원장님이 바베시아와 심장사상충 치료 경험이 많았다. 병원비도 부담이지만 누가 어디서 돌볼지도 고민이었다. 결국 임보는 담장과 대문이 있는 우리 집 마당에서 하기로 했다.

심장사상충 치료 주사는 독해서 바로 맞힐 수 없었다. 주사 쇼크를 예방하는 약을 15일간 똑같은 시간에 먹은 다음에야 가능했다. 바베시아라는 고비를 넘긴 김신은 조금 기력을 차렸다. 많이 아팠을 때는 얌전하더니 조금

힘이 난다고 병원만 가면 싫은 티를 냈다. 아직 심장사상충 치료가 남은 터라, 모두의 안전을 위해 며칠간 입마개 씌우는 연습을 여러 번 했다.

드디어 심장사상충 주사를 맞으러 가는 날, 연습한 대로 입마개도 씌우고 차에 태웠다. 그런데 병원에 도착하자마자 김신이 '여기는 아픈 주사를 맞는 곳이야!'라고 생각했는지 단번에 앞발로 입마개를 풀어버린 게 아닌가. 돌발상황에 모두가 당황했고 나는 다리가 후들거렸다.

병원 안에 있으면 계속 예민해질 것 같아 근처를 산책하며 안심시켰다. 원장님과 한카피 님의 도움으로 입마개를 다시 채우는 데도 성공했다. 결국 동물병원에 들어가진 못하고, 원장님이 주사약을 갖고 나와서 무밭에서 척추 주사를 맞혔다. 하다 하다 무밭 왕진이라니….

이제 24시간 동안 견뎌주면 생존률은 70% 이상이 된다. 심장사상충 주사를 맞으면 심장에 있던 사상충이 녹아내리는데, 이 과정에서 혈관을 막아 사망할 수 있어서 위험했다. 다음 날 또 주사를 맞고 24시간이 지나면 1차 치료가 끝나고, 4~6개월 후 다시 심장사상충 검사를 해서 완치 여부를 판단한다.

평소 잘 아프지 않은 건강 체질인데도 임보 중에 얼마나 신경을 썼는지 대상포진과 알레르기 천식에 걸렸다. 하지만 생사를 오가는 김신 앞에서 투정할 수 없었다. 원래 임보를 하다가 입양을 보내면 우울해진다는데, 완치 판정을 받고 입양자를 찾아 김신을 보내던 날은 기분이 너무 좋았다. 헤어지는 섭섭함보다 좋은 가족을 만난 기쁨이 컸기 때문이다. 행복하게 지낼 수 있다면 그게 해피엔딩이니깐. 김신을 살리고 입양 보내는 동안 우리는 여기가 '오조리 치유의 집'이라며 서로 농담을 던졌다.

치유의 집,
재개장

잔잔이는 2017년 가을 함덕의 한 서점에 나타난 떠돌이 개였다. 성격이 조용조용해서 서점 단골손님인 초등학생에게 '잔잔이'라는 이름도 받고, 드문드문 서점에 출몰하며 존재감을 뽐냈다. 마음 착한 서점 누나들이 밥과 물을 챙겨주고 잔디밭도 내어 주어서 갈 곳 없던 그 개에게도 행복이 찾아온 듯했다.

그러던 어느 날, 잔잔이가 얼굴에 학대로 추정되는 땜빵 자국을 달고 나타났다. 그대로 두면 위험할 듯해 내가 임보를 맡기로 했다. 차가 있는 한카피 님과 함께 데리러 갔지만 두 번이나 실패했다. 목줄을 채우려 하면 입질까지는 안 했지만, 으르르 소리 내며 경계했다.

잔잔이를 보면 목줄을 채워 달라 서점에 부탁하고 돌아왔지만, 이튿날 잔잔이가 함덕을 벗어나 신촌에서 다리를 다친 채 발견됐다는 연락이 왔다. 거동이 불편한 상태여서 쉽게 포획할 수 있었다. 간단한 건강 검사와 몇 가지 적응 훈련을 마치면 입양처를 찾아줄 생각이었다.

히끄 때문에 집 안에는 잔잔이를 들일 수 없어 마당에 데려다 두었다. 히끄는 낯선 개의 기척을 느끼고 마징가 귀를 날리더니 나를 휙 돌아보았다. 저번에 본 '꺼먼 녀석'이 떠난 지 얼마나 됐다고 또 '누런 녀석'을 데려왔느냐며 흘겨보는 것 같았다. 낯선 개가 영역에 들락날락하는 게 히끄에겐 스트레스일 수 있어서 미안했다.

잔잔이는 길에서 힘든 일을 겪었는지 나를 경계했고, 두 달이 지나서야 마음을 열었다. 이제 산책도 잘하고, 밥도 잘 먹고, 교감도 시작했으니 입양은 문제없을 줄 알았다.

김신과 잔잔이를 임보하며 알게 된 사실이 있다. 바로 유기견의 소유권 문제다. 현행법에서는 개를 사유재산, 즉 물건과 같은 개념으로 본다. 그래서 유기견을 데리고 있으면 땅에 떨어진 지갑을 주워 돌려주지 않은 것처럼 점유이탈물횡령죄가 될 수 있었다. 법적 문제를 해결할 방법은 한 가지였다. 유기동물 보호소에 신고해 10일의 공고 기한이 지나면 해당 자치단체에서 동물의 소유권을 갖게 된다. 그 이후에는 개인에게 분양할 수 있어서 문제가 없었다.

이제 막 적응한 잔잔이를 잠시라도 보호소에 보내는 건 내키지 않았지만, 김신을 임보하며 법률상담을 받았을 때도 해결 방법은 이것밖에 없었다. 김신은 우연한 계기로 견주를 알게 되어 "키울 생각이 없다면 소유권을 포기해 달라"고 설득했지만, 잔잔이의 소유권은 아직 전 주인에게 있었기 때문이다.

구조자와 함께 잔잔이를 보호소에 데려갔다. 사정을 이야기하고 인식 칩이 있는지 스캔했는데 "삐-"소리가 났다. 동물등록이 된 개였다. 당황했지만 이제 주인을 찾겠구나 싶어 안도했다. 처음 구조자가 데려갔던 동물병원에는 스캐너가 없어 제대로 확인하지 못한 모양이다.

연락을 받은 견주가 도착했다. 이사를 준비하면서 잔잔이를 집과 떨어진 과수원에 두고, 며칠에 한 번씩 밥 주러 들렀다고 했다. 거기서 탈출한 잔잔이가 함덕까지 간 것이다. 이사 준비를 하는데 개는 왜 과수원에 보냈으며, 잔잔이는 왜 주인을 보고도 반기지 않는지 의아했다.

의문은 곧 풀렸다. 며칠 뒤 견주가 서점에 찾아와 잔잔이를 키워줄 수 있는지 물었단다. 서점에서는 파양하지 말고 잘 키우라고 다독여 돌려보냈다 한다. 우여곡절 끝에 잔잔이는 가족에게 돌아갔지만, 과정은 씁쓸했다. 잔잔이는 잘 지내고 있을까? 문득 궁금해진다.

히끄의 꿀잠

고양이는 예민해서 배를 보이지 않고 자는 경우가 대부분인데, 히끄는
대자로 누워 잘 때가 많다. 고양이답지 않은 모습 때문에 사람이 아닌가
의심받곤 한다.

#털옷안에사람있다 #8년째의심중

동물원이
아닙니다

며칠 전 환기하려고 안방 창문을 열어뒀는데 인기척이 났다. 내다보니 바로 눈앞에 낯선 사람이 서 있었다. 놀라서 "누구세요?" 하고 물었더니 "히끄 보러 왔어요"라며 환하게 웃었다. 남의 집을 엿보다 들킨 건데 미안한 기색도 없이 당당했다.

히끄와의 일상을 기록하려 만든 인스타그램이 어느새 20만 팔로워를 넘기면서 우리가 사는 실제 모습은 어떤지 궁금해하는 사람도 많아졌다. 민박집이라 주소가 공개되어 있다 보니 이렇게 누군가 불쑥 찾아오는 일이 가끔 생긴다. SNS의 순기능도 많지만, 이럴 때는 정말 난처해진다.

"제주도 여행 가면 히끄 보러 가고 싶다"는 댓글이 자주 올라오기에 처음에는 "예약한 손님만 머물 수 있는 민박이고 살림집도 있는 곳이니 인스타그램으로만 봐 주세요"라고 정중히 댓글을 달았다. 그랬더니 다이렉트 메시지로 "○월 ○일 제주도로 여행 가니 히끄를 보러 가겠다"며 그때 내가 집에 있는지 물어보는 사람까지 나타났다. 그분은 '연락 없이 찾아간 게 문제라면 방문 시간을 미리 알려주고 가면 되겠지' 하고 생각한 모양이었다.

결국, 인스타그램 프로필에 "제주도 가면 히끄 볼 수 있나요? 동물원 아닙니다. 제발 집으로 찾아오지 마세요"라는 안내문을 올려둬야만 했다. 정확하게 의사를 밝혀두지 않으면 '집 밖에서 구경하는 것 정도는 괜찮겠지?' 하고 생각하는 사람이 많았다.

히끄는 고양이치곤 낯선 사람을 경계하지 않는다. 처음 보는 민박 손님도 스스럼없이 대하는 걸 보면 사람을 좋아하는 것 같다. 그렇게 넉살이 좋은

데 한번 보여주는 게 뭐 어렵냐고 생각한다면 입장을 바꿔서 생각해보자. 모르는 사람이 집에 찾아와 "아드님이 너무 귀여워서 구경 왔어요" 하며 창밖을 서성인다면? 게다가 그런 사람이 한둘이 아니라면 얼마나 당혹스러울까?

《히끄네 집》이 출간된 후 읽은 인터넷서점 리뷰에는 "히끄와 아부지가 오래오래 행복했으면 좋겠다"는 내용이 많았다. 그저 제주에서 살아가는 평범한 사람과 고양이일 뿐인데, 우리의 행복을 진심으로 빌어 주는 사람이 이렇게 많다는 것이 놀랍고도 뭉클했다. "히끄 보러 가고 싶다"는 댓글도 히끄가 그만큼 사랑스러워서 하는 말이란 걸 안다. 하지만 집에 찾아오는 것으로 그 마음을 표현하는 일만큼은 자제해 주셨으면 좋겠다.

이런 에피소드를 이야기하면 대부분 "그렇게 힘든 줄 몰랐다"며 함께 안타까워해 주었지만, "히끄 덕분에 유명해졌으니 유명세를 감수해야 하지 않겠냐"는 날 선 댓글도 가끔 있었다. 하지만 그건 범죄 피해자에게 "원인 제공을 했으니 당신 잘못이다"라고 말하는 거나 마찬가지다. 히끄와 나의 행복을 진심으로 바라는 분들이라면 이 마음을 충분히 이해해 주시리라 믿는다.

추억 담긴
캣타워

제주도로 이주한 지 얼마 안 됐을 때 전자제품매장에 갔다가 제습기를 처음 보았다. 직원에게 물어보니 제주도에선 필수 혼수품 중 하나라고 했다. 지금 사는 집으로 이사해 살아보니 제습기는 정말 사계절 내내 필요한 물건이었다. 오래전에 지은 농가 주택이라 습기에 취약해서 더욱 그랬다. 습기가 얼마나 심했는지, 이사 전에 청소하러 왔더니 방마다 벽지에 곰팡이가 심하게 피어 있었다. 축축한 벽지에서는 퀴퀴한 냄새까지 났다.

히끄는 길고양이 시절 곰팡이 피부염에 걸린 적이 있어서 습한 환경에 다시 노출하고 싶지 않았다. 곰팡이 피부염은 고양이가 살면서 한 번쯤 걸릴 수 있는 흔한 병이고 생명에 지장도 없지만, 재발이 잦고 치료도 오래 걸려서 예방이 중요하다. 습도가 높고 비위생적인 공간에서는 곰팡이가 살기 좋아서 환경 개선이 시급했다. 벽지를 모두 떼어내고 곰팡이 제거제를 뿌려 닦아냈다. 도배보다는 항균 페인트를 바르는 게 곰팡이 예방과 관리에 쉬울 거라 판단했다. 다행히 그 후로 곰팡이는 자취를 감췄다.

요즘 제주에는 햇볕 쨍한 날이 언제였나 기억나지 않을 만큼 습하고 흐린 날이 이어졌다. 반나절이면 바짝 말랐던 빨래는 종일 말려도 꿉꿉하다. 해마다 제비가 와서 처마 밑에 집을 짓는데, 올해는 얼마나 날이 습한지 제비집이 다 부서졌다. 그래도 제비들은 아무렇지 않은 듯 그 자리에 다시 집을 지었다.

날씨가 꾸물꾸물해서 그런지 며칠 전부터 방에서도 묘한 냄새가 나기 시작했다. '히끄 몸에서 나는 냄새인가?' 하고 의심하는 걸 시작으로 가구마다 냄새를 맡으면서 범인 색출에 들어갔다. 진범은 뜻밖에도 캣타워였다. 연이은 습한 날씨 때문에 오래된 원목 캣타워가 히끄의 체취와 함께 습기를 흡수해서 퀴퀴한 냄새를 뿜고 있었다. 애꿏은 히끄를 괜히 의심한 게 미안했다.

미니멀리스트여서 평소 물건을 많이 사지 않는다. 하지만 마음에 드는 물건을 찾기가 힘들 뿐, 일단 발견하면 애정을 갖고 오래 사용한다. 이 캣타워도 그렇다. 히끄가 길고양이 시절 3주 동안 행방불명됐다 돌아왔을 때, 무사 귀환을 축하하는 의미로 친구의 남편이 직접 만들어 준 것이다. 크기가 아담해 공간을 적게 차지해서 좋았고, 원목 침대와 맞춘 것처럼 잘 어울려서 아꼈다.

하지만 이젠 퀴퀴한 냄새도 나고, 물컵을 올려두었다가 얼룩도 생겨서 보수하기로 했다. 친구가 원형 샌더로 캣타워 표면을 매끈하게 벗겨 주면 내가 친환경 바니시로 코팅한 후 말리기를 다섯 번이나 반복했다. 히끄가 자는 곳이기 때문에 코팅제도 신경 써서 골랐다.

게스트하우스 다락방에서 히끄를 임시 보호하던 시절, 하루 일을 마치고 방에 들어가면 캣타워에 앉아 있던 히끄가 껑충 뛰어 내려와 반겨주던 모습이 떠오른다. 그렇게 추억이 담긴 물건이기에 더 마음이 가고, 소중한 만큼 오래오래 고쳐서 쓰고 싶다.

아련한 다락방 시절

히끄가 스트릿 시절을 청산한 후 잠시 은신했던 장소다. 다락방 아래 게스트하우스 손님방이 있었는데 히끄가 우다다를 심하게 하는 날에는 천장에 쥐가 있다는 신고를 받기도 했다.

#꿈꾸는다락방시절 #타수성가의아이콘

자발적 내향인의 삶

'내향적'이란 단어와 '내성적'이란 단어를 동일시하는 사람도 많지만, 꼭 그렇지는 않다. 나는 밖에서 사람들과 시간을 보내는 것도 좋아하니 내성적인 사람은 아니다. 하지만, 집에 혼자 있을 때 에너지가 충전된다고 느끼니 내향인이다.

우리나라에서는 전통적으로 외향인을 진취적인 사람으로 보는 경향이 있다. 특히 조직사회에서 내향인을 바라보는 시선은 그리 달갑지 않다. 집에서 에너지를 얻는 사람이라면 회사 일은 소극적으로 하고 관계를 맺을 때 소통이 부족할 것 같아서일까. 외향인과 내향인은 서로 성향이 다를 뿐 그걸로 우열을 가릴 수는 없다고 생각하지만, 내향인으로 살기엔 이래저래 피곤한 일이 많다. 하지만 최근 MBTI의 뜨거운 인기와 함께 성격 유형에 대한 관심이 높아지면서 그늘에 가려졌던 내향인의 장점도 부각되고 있는 추세다.

집에 가만히 앉아서도 할 수 있는 일은 얼마든지 있고, 내향인이 성격적 장점을 발휘해 좋아하는 분야에서 성과를 올리는 경우도 많다. 내 경우엔, 히끄와 함께 살게 된 후로는 히끄만 보고 있어도 심심할 틈이 없어서 집에 있는 시간이 더 늘었다. 그러다 보니 좋아하는 일에 더 집중하게 되고, 고양이와 관련된 기업과 협업하거나 새로운 일을 시도해 볼 기회가 자주 생겼다. 먼 훗날 누군가 행복과 성공의 비법을 묻는다면 '집에서 보내는 시간을 좋아하는 것'이라고 말하고 싶다.

내향인이기에 글을 쓸 때도 카페나 작업실에 가는 것보다는 집이 편하다. 글을 쓰기 시작하면 완성까지 오래 걸리니 주제가 정해지면 온종일 집에서 보낸다. 하지만 산만한 편이라 몇 문장 쓰고는 잠든 히끄를 쓰다듬다가, 또 몇 문장 쓰고 히끄와 놀곤 한다. 오래 앉아 있으면 거북목이나 척추 디스크 같은 직업병도 생긴다지만, 히끄 덕분에 자세를 바꾸고 기지개도 켜면서 스트레칭을 하게 되니 이런 효자가 없다.

집에서 보내는 시간이 많은 내겐 가장 편하고 안락한 공간 역시 집이다. 카페처럼 언제든지 커피를 마실 수 있는 커피머신이 있고, 집밥을 만들어 먹을 수 있게 기본 식재료를 항상 준비해둔다. 하루 중 가장 많은 시간을 보내는 공간이니 항상 쾌적했으면 해서 더러워지기 전에 치운다. 단독주택이라 여름에는 시원하게, 겨울에는 따뜻하게 지내려면 냉난방비가 많이 나오지만 그만큼 집에서 지내는 시간이 많아서 유지비가 아깝지 않다. 여행을 좋아해서 한 달에 한 번은 꼭 비행기를 타지만, 여행에서 돌아온 후의 일상도 사랑한다. 내가 언제 돌아올까 오매불망 기다리는 히끄가 있기 때문이다. 눈이 마주치면 "어딜 갔다가 이제 왔냐!" 하고 호통치듯 입을 크게 벌리고 우는 히끄를 보고 싶어서 집으로 향하는 발걸음이 빨라진다. 코로나 팬데믹 이후 근무지와 집이 일치하는 '직주일치(職住一致)'의 시대가 왔다지만, 사실 그전부터 내겐 직주근접을 넘어 직주일치의 삶이 일상이 된 지 오래다. 이건 분명히 히끄 덕분이다.

우리가 만드는
기적

2017년 《히끄네 집》을 출간하면서 인세 일부를 사단법인 제주동물친구들에 기부하기로 약정했다. 제주에서 활동하는 동물보호단체인데, 약칭으로 '제동친'이라고도 부른다. 사람들이 많이 모르는 지방의 동물보호단체여서 도움이 되고 싶었다. 히끄를 만난 곳이 제주였기에 이왕이면 제주 동물들을 위해 기부하고 싶기도 했다. 제주도의 유기동물 안락사 비율은 전국 1위에 달한다. 제주 동물보호단체들의 상황이 열악하다 보니, 도움이 필요한 동물들이 제때 보호받지 못해 그렇게 됐나 싶어 마음이 쓰였다. 제동친은 정부와 지방자치단체 보조금 없이 후원금으로 운영된다. 재정 상태가 좋지 않아 활동가들은 대부분 생계를 위한 본업이 따로 있다.

2018년 2월 첫 인세를 정산받아 170만 원을 제동친에 기부했다. 책 판매는 출간 직후 수직 상승하지만, 시간이 지날수록 하향선을 그리기 때문에 두 번째 정산액은 훨씬 적을 거라 예상했다. 그래서 두 번째 인세 정산을 받으면 사비를 더해 100만 원을 채워서 의미 있게 쓰고 싶었다. 이번에는 제동친 외에도 루게릭 환자들을 위한 병원을 추진 중인 승일희망재단에 각각 기부하기로 했다.

그렇게 해마다 여러 곳에 기부하다 보니 누적 기부금도 어느덧 800만 원이 되었다. 일반인에겐 큰돈이지만, 유명 연예인이나 기업인이 선뜻 내놓는 기부금에 비하면 적다. 그 돈이면 가고 싶던 해외여행을 다녀올 수 있었고, 필요했던 중고차를 사고도 남았다. 하지만 내 인생을 바꿀 만한 금액은 아니었다. 그런데 그 돈을 기부하니 죽어가는 생명을 구할 마중물이 되었다. 돈의 소유자가 바뀌는 것만으로도 가치가 커지는 경험이었다.

기부에 동참한 건 돈이 많아서가 아니고 착해서도 아니다. 길고양이였던 히끄에게 마음을 주면서 자연히 길 위의 동물에게도 생각이 닿았기 때문이다. 처음에는 고양이만 생각했지만, 기부가 이어지면서 '도움이 절실하게 필요한 다른 곳은 없을까?' 하고 생각해 보게 되었다.

히끄도 길고양이 시절 아프거나 다친 적이 있지만, 보살펴 줄 사람들이 곁에 있어서 살 수 있었다. 그러나 도움의 손길이 닿지 않아 죽어가는 고양이는 더 많을 것이다. 히끄를 입양한 뒤로 마당 급식소를 만들고 길고양이 밥도 주지만, 나 역시 모든 동물을 구할 수는 없었다. 적게는 수십만 원, 어쩌면 수백만 원이 될 병원비를 감당하고, 임시로 머물 공간을 내주며 간호하고, 치료 후 방사가 불가능하다면 입양까지 보내는 일. '구조'라는 단어에는 이 모든 일에 드는 수고와 비용이 숨어 있다. 당연히 혼자 힘으로 끝까지 가기는 힘든 길이다. 그 길에 보도블록 한 장 까는 마음으로 기부에 참여했다. 내가 직접 할 수 없지만, 그 어려운 일을 하는 사람들을 간접적으로 응원할 수 있기 때문이다.

가끔 뉴스나 SNS에서 위기에 빠진 동물들 소식을 접하면 누군가 기적처럼 나타나 구해주길 바랐다. 하지만 아무것도 시도하지 않으면 아무 일도 일어나지 않는다. 기부로 마음을 모은다면 우리 손으로 그 기적을 만들 수 있다. 그래서 나는 "한 사람이 백 걸음을 가는 것보다, 백 사람이 한 걸음을 가는 게 낫다"는 말을 좋아한다. 십시일반으로 기적을 만드는 기부의 힘을 보여주기 때문이다.

히끄의
동물등록 체험기

휴가철만 되면 반려동물 유기가 증가했다는 뉴스를 접한다. 일부러 먼 곳에 버렸을 거라고 짐작하기 쉽지만, 함께 여행을 즐기고 싶어 데려왔다가 잃어버리는 일도 잦다고 한다. 그래서 반려동물을 차에 태울 때는 안전띠를 채우거나 이동장에 넣어야 한다. 인식표가 달린 목줄도 필수다.

하지만 인식표보다 확실한 대책은 역시 반려동물 등록이다. 2015년 히끄와 함께 살기 시작하면서부터 동물등록 절차를 알아봤지만, 고양이는 등록할 수 없었다. 당시엔 여행이나 이민으로 해외 출국을 하는 고양이만 마이크로칩 삽입이 가능했고, 삽입하더라도 국내 등록용이 아니라서 조회가 되지 않는다고 했다. 누군가 납치하지 않는 이상 히끄가 실종될 일은 거의 없다고 생각하지만, 만일을 대비해 전화번호와 내 이름을 적은 가죽 목걸이를 늘 히끄 목에 채워두었다.

2018년부터 시범사업으로 고양이도 동물등록이 가능해져서 히끄도 마이크로칩 이식으로 동물등록을 하기로 했다. 외장 인식표는 떨어질 수도 있고, 누군가 고의로 제거할 수도 있기 때문이다. 히끄가 다니는 동물병원은 자동차로 왕복 두 시간이 걸리는 제주시에 있어서 날이 더워지기 전에 서둘렀다.

등록 절차는 간단했다. 서류 두 장에 반려인의 이름, 주민등록번호, 전화번호, 주소 등 인적사항과 반려동물의 이름, 품종, 성별, 생년월일 등 '냥적사항'을 적는다. 히끄는 길고양이였기 때문에 생년월일과 취득일 칸에는 우리가 처음 만난 2014년 6월로 적었다.

서류에 사인한 후 히끄를 데리고 진료실에 들어갔다. 원장님은 주사기 모양의 일회용 칩 삽입기로 목 뒤 피하층에 마이크로칩을 주입했다. 고양이는 개보다 피부가 두꺼워 아플 수도 있다기에 긴장했다. 다행히 평소 주사를 잘 맞는 히끄는 얌전했다. 원장님이 준 간식에 정신이 팔려 마이크로칩이 몸에 들어온 줄도 모르는 듯했다. 무던한 히끄지만, 그래도 병원에 올 때마다 "아프게 하려고 온 거 아니야"라고 설명해줄 수 없어서 미안하다. 주사를 맞은 곳에 리더기를 댔더니 "삐" 소리와 함께 동물등록번호 15자리가 표시됐다. 서류 작성부터 확인까지 5분도 채 안 걸렸다. 주의할 점은 일주일 동안 목욕시키지 말라는 것 정도였다. 제주도는 동물등록 마이크로칩 비용과 등록 수수료를 전액 지원해줘서 비용도 따로 들지 않았다.

아주 드물게 칩이 몸속에서 깨지거나 위치가 바뀔 수 있고 염증, 탈모, 종양 가능성 등의 부작용이 있을 수도 있다고 해서 걱정했지만, 선생님과 상담하고 자료를 찾아보니 안전하겠다는 판단이 들었다. 이식 부작용이 발생할 확률과 반려동물을 잃어버릴 확률 중에 어떤 게 더 높을까? 당연히 후자가 훨씬 높을 것이다. 마이크로칩은 쌀알 크기여서 매우 작지만, 반려동물을 찾을 때 큰 역할을 하니 등록할 이유는 충분했다.

동물등록번호는 사람으로 따지면 주민등록번호처럼 자신을 증명할 수 있는 유일한 수단이다. 반려동물을 유기한 사람을 처벌할 근거가 되기도 하고, 실수로 잃어버린 사람에게는 꼭 찾을 거라는 희망을 준다. 현행법상 생후 2개월 이상인 개는 반려동물 등록이 의무사항이고, 일부 지자체에서는 고양이도 시범 등록을 시작했지만, 동물등록 수는 아직도 100만여 건에 불과하다고 한다. 결혼하면 혼인신고를 하고 아이가 태어나면 출생신고를 하는 것처럼, 반려동물을 집에 데려올 때도 동물등록을 하는 게 당연해지길 바랄 뿐이다. 사랑하는 반려동물을 끝까지 지켜주고 싶다면 동물등록은 선택이 아닌 필수다.

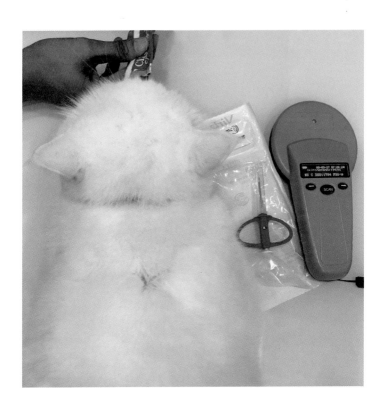

시골 마을의
여름나기

　　　　　　　　　2018년은 111년 만에 우리나라에 찾
아왔다는 기록적인 폭염의 해였다. 긴급 재난 문자가 매일 날아왔고, 마을
회관에서는 휴대전화가 없는 어르신들도 들을 수 있도록 확성기로 일사
병 주의 안내방송을 수시로 했다.

나도 너무 더워서 외출할 일이 있으면 해가 지는 오후 일곱 시 이후에 재
빨리 자전거를 타고 다녀왔다. 빨래를 널거나 길고양이 밥을 주려고 마당
에 잠깐 나가는 것만으로도 땀이 났다. 에어컨을 쉬지 않고 돌리는 바람에
실외기가 고장 날 정도였다. 보증 기간이 지나서 32만 원을 들여 고치긴
했는데, 또 고장 날까 봐 오전에는 거실 에어컨, 오후에는 안방 에어컨을
번갈아 틀었다.

히끄는 먹성이 좋아 사료를 주면 다 먹고 밥그릇까지 핥지만, 날씨 탓에
입맛이 없는지 사료를 남기는 일까지 발생했다. 그래도 여전히 아침저녁
으로 밥 먹을 시간이 되면 밥통을 향해 울면서 고봉밥 타령을 하고, 동결
건조 간식을 둔 냉장고 문을 열 때마다 쪼르르 달려오는 걸 보면 걱정할
정도는 아닌 것 같다. 대신 여름 기력 보충용으로 미리 사 둔 종합 영양제
를 습식 사료에 섞어 매일 챙겨줬다.

에어컨을 틀어놓아 시원한 안방은 외면하고, 햇볕이 들어오는 주방이나
거실에 누워 있는 걸 보면 히끄도 나름대로 체온을 조절하고 환경에 적응
하는 모양이다. 집 안이 시원하니까 바깥도 시원한 줄 알고, 해가 이글이
글한 한낮에 마당을 나가자고 야옹거린다. "요놈아, 어디 한번 나가 봐라"
하고 문을 열어주면 몇 걸음 걷다가 더운지 그늘에 엎어져 있다.

사람도 힘들고 기계도 고장 날 만큼 무더운 날씨에 털옷 입은 고양이들은 얼마나 더울까? 고양이 체온은 사람보다 2도 높다는데 한여름에 패딩 점퍼를 입은 느낌일까?

밥 먹으러 오는 길고양이들은 어떻게 여름을 견디나 지켜보니, 그늘에서 쉬거나 그루밍을 하면서 폭염을 이겨내고 있었다. 히끄가 길고양이 시절 옆집 할머니 마당에 있는 고인 물을 먹던 모습이 떠올랐다. 그때를 생각하며 길고양이들에게 간식 캔을 매일 챙겨주었다.

집에서 시간을 보내는 날은 에어컨을 계속 틀어놓고 고양이와 시원하게 보낼 수 있지만, 집을 오래 비우는 날은 24시간 에어컨을 켜 두기도 좀 망설여진다. 그럴 때면 자연풍과 얼음의 힘을 빌린다. 가끔 장시간 외출할 일이 생기면 창문을 열고, 아이스팩을 넣은 쿨 필로우를 둔다. 그러면 다섯 시간 정도는 냉기가 유지된다. 안전 방충망이라 히끄가 탈출할 염려는 없다.

반려동물용 쿨매트나 대리석을 시중에서 구매할 수도 있지만, 타일 깔린 욕실도 고양이가 좋아하는 피서 장소 중 하나다. 히끄도 시중에서 구매하는 피서 용품보다는 욕실에 들어가 있는 걸 좋아한다. 조용해서 어디 있나 보면 욕실 바닥에 등을 붙이고 누워 꼬리를 흔들면서 자고 있다. 그 모습이 세상 누구보다 행복해 보여 "등목이라도 해 주랴?" 하고 장난스럽게 묻고 싶어진다.

자연을 사랑한 히끄

플로리스트 친구가 제주에 올 때마다 마당에 있는 담쟁이로 화관을 만
들어준다. 사이즈 미스로 조금 늘려야 했던 건 비밀….

#꽃보다히끄 #히드소마

의사 표현이
확실한 고양이

무슨 생각을 하는지 알 수 없는 사람, 논쟁이 있을 때 확실한 의견을 밝히지 않는 사람이 싫다. 가만히 있다가 나중에 무슨 일이 생기면 그제야 "이럴 줄 알았어"라며 염장 지를 확률이 높기 때문이다. 그럴 바에는 끝까지 입을 다무는 게 나을 텐데 말이다.

나는 의견이 있으면 직설적으로 말해버린다. 좋게 말하면 자기주장이 강하고, 나쁘게 말하면 고집이 세다는 말을 듣는다. 나를 닮아서인지 히끄도 자기주장이 확실하다. 히끄가 직접 의사 표현을 하는 경우는 두 가지. 아침밥 달라고 깨울 때와 마당에 나가자고 조를 때다.

오전 여덟 시가 가까워지면 잠자는 내 얼굴 위로 '골골송' 알람음이 울린다. 잠에 취해 모르는 척 누워 있으면 의도적으로 밟고 지나가거나, 박치기해서 결국 일어나게 만든다. 아침마다 밥 달라고 울어대니 자동 알람 시계와 함께 사는 것 같다.

낮에 혼자 놀다가 심심하면 현관문 앞에 서서 마당에 나가자고 야옹거린다. 깔끔하기는 또 얼마나 깔끔한지, 화장실에 다녀왔을 때 곧바로 배변한 흔적을 치우지 않으면 치울 때까지 들락날락하면서 요란스럽게 모래를 덮고 발을 턴다. 최근에는 여기에 "옆방으로 놀러 가겠다"라는 표현도 추가됐다.

가끔 부모님이 집에 오시거나 친구가 놀러 오면 옆방을 손님방으로 내어준다. 특히 휴가철이면 손님 방문이 잦아진다. 히끄는 어린아이를 제외하면 낯가림이 없는 '개냥이'라서 처음 본 사람이 와도 꼬리를 흔들며 반긴다. 성격이 서글서글한 덕에 심심하거나 관심받고 싶으면 옆방에 놀러 가겠다고 한다. 낮에는 괜찮지만, 너무 이른 아침이나 늦은 저녁에는 곤란했다. "안 돼! 지금은 손님이 주무시잖아" 하고 타일러도 알아들을 리 없다. 개의치 않고 방문 앞에 서서 열라고 야단이다.

시끄럽게 느껴질 때도 있지만, 히끄가 감정 표현을 잘하는 고양이라서 좋다. 외출했다가 귀가하는 길, 마당에 들어오는 순간 나를 반기는 히끄 목소리가 들리면 현관문을 여는 손도 바빠진다. 히끄는 방문을 열자마자 뛰쳐나와 그동안 심심했다며 재잘재잘한다.

원래 고양이는 참지 않는 법. 그러나 히끄는 표현을 자제할 줄도 안다. 길고양이들이 밥 먹으러 오면 반갑다고 인사하고, 밥 먹는 모습을 조용히 지켜본다.

꼭 언어로 소통해야 하는 것은 아니다. 한마디 말보다 행동이 중요한 순간도 많다. 히끄는 사람 말을 못 하고, 나는 고양이 말을 못 알아듣지만 '야옹' 소리의 높낮이, 얼굴 찌푸림, 꼬리의 움직임, 눈 깜빡임을 보면서 무엇을 원하는지 알 수 있다. 말이 없어도 반려동물에게 위로받았던 기억을 떠올려보면 어쩌면 그들이야말로 우리에 대해 더 많이 알고 있는 게 아닐까 싶다.

'꼬드름'
퇴치법

연예인이 알려주는 피부 관리 비법은 간단하다. 하루 2리터 이상 물을 마시고 여덟 시간 이상 숙면하는 것. 여기에 규칙적인 운동과 긍정적인 마음가짐까지 더하면 백옥 같은 피부를 가질 수 있단다. 타고난 피부와 꾸준한 시술이 더 중요하다는 걸 대놓고 말하지 않았을 뿐이지 거짓말은 아니다. 사춘기 때 여드름 때문에 피부과를 다녀봤기에 관리의 중요성은 잘 안다. 지금은 남의 시선에서 비교적 자유로운 시골 생활을 하다 보니 선크림 바르는 일도 게을리하지만, 뾰루지라도 생기면 무척 신경이 쓰인다.

반려동물도 사람만큼 피부 관리가 필요하다. 털로 뒤덮여 있어 주의 깊게 보지 않으면 피부병을 알아차리기 어렵다. 피부병은 생명에는 지장이 없지만, 치료 기간이 오래 걸린다. 가벼운 증상은 소독 정도로 치료할 수 있어도 증상이 심해지면 처방 사료와 약을 먹고, 약용샴푸로 관리해야 하니 처음부터 걸리지 않게 예방하는 게 제일이다.

히끄를 길에서 처음 발견했을 때, 귀에 거뭇거뭇한 곰팡이 피부염과 탈모가 진행되고 있었다. 길에서 살던 때였지만 사료를 잘 챙겨주고 목욕을 시켜 준 덕분에 완치됐다. 그러다 갑자기 사라져 3주 만에 돌아왔을 때 목욕을 시켰는데, 샴푸로 닦아도 꼬리에 지워지지 않는 흔적이 있었다. 처음엔 기름때인 줄 알았는데 아니었다. 그렇게 일명 '꼬드름'의 존재를 알았다.

고양이 여드름은 피지선이 있는 등과 꼬리, 혀가 닿지 않는 턱과 겨드랑이 부분에 많이 생긴다. 표준 수의학 용어는 아니지만, 반려인들은 여드름이 생기는 부위에 따라 '등드름', '꼬드름', '턱드름', '찌드름'이라고 부른다.

히끄의 꼬드름은 중성화를 하고 나서 자연스럽게 없어졌지만, 곧이어 턱 드름이 심하게 생겼다. 사료에 기름기가 많거나 식기가 깨끗하지 않아도 턱드름이 생길 수 있다. 그래서 고양이용 식기 재질로는 플라스틱 대신 유리나 스테인리스를 추천한다. 히끄 역시 플라스틱 식기를 사용하지 않는다. 사료를 바꾸고 턱 소독을 매일 해 주니 어느 순간 턱드름이 사라졌다. 지금은 뽀송뽀송 피부 미남 소리를 듣는 히끄의 관리 비법이 있다. 첫째, 목욕을 시킬 때는 피지가 자주 생기는 등, 꼬리, 턱, 겨드랑이를 반려동물용 딥 클렌저로 마사지해 준다. 둘째, 사용하는 용품은 주기적으로 소독제를 뿌려 햇볕 소독을 한다. 셋째, 집 안 구석진 곳까지 먼지 한 톨 없이 잘 닦아둔다. 넷째, 고양이의 피부 유형에 맞는 샴푸를 사용하고 빗질을 자주해 준다. 제아무리 그루밍을 열심히 하는 고양이라도 빽빽한 털 때문에 꼼꼼하게 셀프 빗질을 할 수는 없다. 반려인의 노력만이 '피부 미묘'를 만드는 지름길이다.

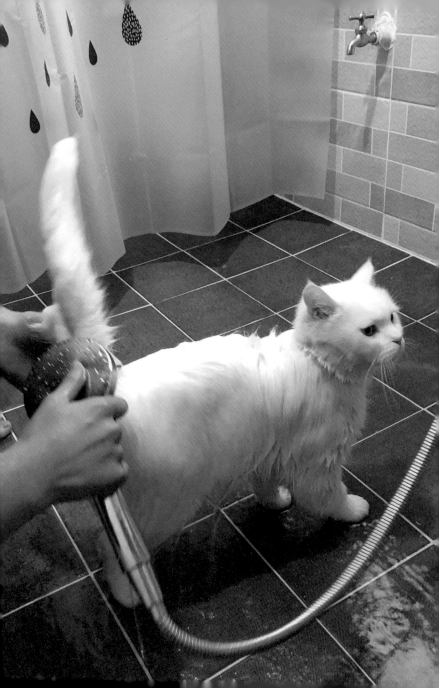

특별한 날의 OOTD

히끄는 쿨톤이라 다양한 옷을 잘 소화한다. 가끔 모자가 안 들어갈 때도 있는데, 프리 사이즈라면서 왜 그런 거죠?

#패완얼 #패션의완성은얼굴크기

히끄를 위한
장기 휴가

　　　　　　　　　　한 달 유급휴가를 받아서 제주도로
가을 여행을 왔다는 민박 손님을 만났다. 평소 누군가를 부러워하진 않는
편인데, 그 손님에게는 부럽다는 말을 몇 번이나 했다. 민박을 시작하기
전에는 쉬고 싶어질 때나 여행 가고 싶을 때 가게 문을 닫으면 되겠지 생
각했다. 하지만, 막상 민박을 운영해 보니 쉬는 날에는 그만큼 수입이 없
어져서 편히 쉴 수 없었다.

한동안 내 삶에서 긴 휴가는 없을 거라 여겼는데, 민박을 시작하고 처음으
로 히끄를 데리고 10일간의 장기 휴가를 떠났다. 이번 휴가의 목적은 서울
에 있는 동물 치과 전문병원 방문이다. 히끄는 길고양이 시절부터 이빨 상
태가 몹시 안 좋았다. 앞니 대부분이 빠지고 어금니는 캐러멜 색깔처럼 누
렇게 변해 썩고 있었다. 사료를 먹을 때는 잘 씹지 않고 침을 흘리며 먹었
는데, 그때만 해도 고양이에 대해 몰랐던 때라 밥이 맛있어서 그런 줄로만
알았던 게 후회스럽다.

히끄와 함께 살기 시작하면서 입을 가까이에서 들여다볼 수 있게 되고, 입
냄새가 심해서 동물병원에 데려간 후에야 '치아흡수병변'이라는 진단을
받았다. 이빨이 녹는 구강 질환인데, 많은 고양이가 앓는 병이지만 정확한
원인은 아직 밝혀지지 않았다. 치료 방법 또한 특별한 게 없어서 치아흡수
병변 증상이 있는 이빨이 더 녹기 전에 발치하는 것뿐이었다.

히끄도 이러한 이유로 3년 전 어금니 네 개를 뽑았다. 이미 뿌리가 녹아 제
대로 기능을 못 하고 있었지만, 겉으론 멀쩡해 보여서 뽑자고 결심하기가
쉽지 않았다. 히끄의 의견을 물어볼 수 없어서 더 그랬다. 하지만 이대로

두면 음식을 씹을 때마다 통증을 느낄 거라는 말이 마음 아팠고, 잇몸만으로도 건사료를 잘 먹을 수 있다고 해서 위안이 됐다.

발치 후 3년 동안 남은 이빨이라도 지켜주고 싶어서 양치를 꾸준히 해 줬지만, 길고양이 시절의 고된 생활 때문에 구강 건강이 좋지 않은 히끄는 잇몸이 빨갛게 되고 치석이 끼었다. 반려동물 스케일링을 하려면 반드시 마취해야 하는데, 그게 걱정이 돼 미루다 치과 전문병원을 예약했다.

히끄는 비행기를 열 번쯤 타 봐서인지 이동 중에도 "야옹" 소리 한 번 없이 얌전했다. 히끄는 여유로운데 반해, 혹시 모를 이동 스트레스와 사고가 없도록 신경 쓰는 건 온전히 내 몫이었다. 혹시 오가는 길이나 병원에서 무슨 일이 생기면 어떡하지 하는 부담감에 비행기를 타기 전날 밤까지 잠을 설쳤다. 다행히 별 탈 없이 육지 집에 도착해 다음 날 스케일링과 치료도 잘 받았다. 3년 사이 또 치아흡수병변이 생긴 이빨이 있어서 추가로 발치했다.

3년 전 병원에 갔을 때보다 내 마음이 좀 더 단단해졌다고 느꼈다. 아마 그때의 두려움은 무지에서 왔던 것 같다. 얼마나 아플지, 어떻게 치료할지 막막한 마음은 불안을 더욱 크게 만든다. 지금도 걱정이 안 되는 건 아니지만, 내가 불안하면 히끄는 더 불안해할 테니 병원에서는 무덤덤해지려 애쓴다.

집에서는 당당한 히끄가 병원에서는 나밖에 믿을 사람이 없다고 느끼는지 내 품에 얼굴을 푹 묻고 꼼짝 안 할 때면 무서운 곳에서 엄마만 보는 어린아이 같아 뭉클하다. 낯선 곳에서도 적응을 잘하는 히끄가 대견하다. 실은 히끄도 속마음은 무섭지만, 아부지가 걱정할까 봐 애써 무덤덤한 척하는 건지도 모르겠다.

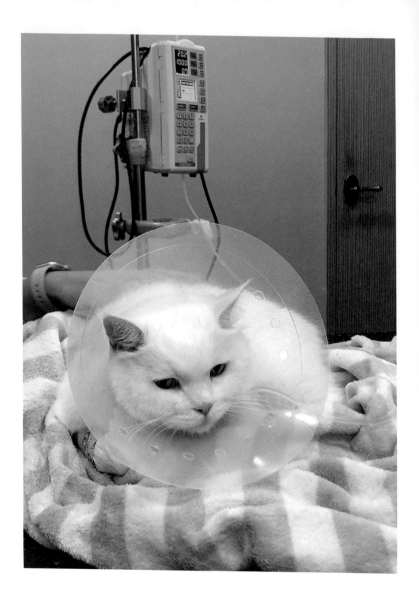

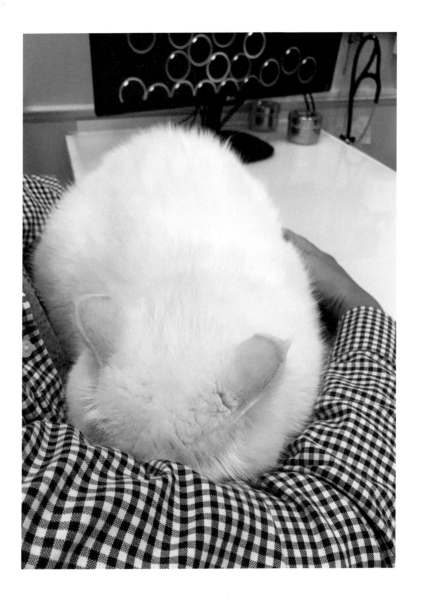

고양이도
전문병원이 필요해

　　　　　　　　제주 이주자의 입장에서 응했던 짧은 인터뷰가 지상파 방송에 나왔다. 긴장해서 하고 싶었던 이야기를 다 하지는 못했지만, 도시에 살았다면 이렇게 행복하지 않았을 거라고 단언할 만큼 만족한다고 말했다. 같은 회차에 출연한 게임회사 직원의 인터뷰도 인상 깊게 보았다. 본사 이전 때문에 제주로 이주했다는 그는 "대부분 만족스럽지만, 문화생활을 하기 힘들고 병원이 육지에 비해 열악한 점이 불편하다"고 했다.

그 말에 공감이 갔다. 반려동물과 함께 살다 보니 동물병원 선택의 폭이 너무 좁아 불편했다. 히끄의 치료를 위해 서울에 있는 동물병원을 굳이 찾아간 것도 이런 이유에서다.

열흘 동안 서울에서 통원치료를 겸한 휴가를 보내고, 비행기 연착으로 한 시간 늦게 제주에 도착했다. 언제 폭염이 들끓었는지 모를 만큼 가을이 불쑥 다가와 있었다. 떠나기 전 담벼락에 파릇파릇했던 담쟁이는 낙엽이 되어 마당을 굴러다녔고, 현관문을 열자 거실에서 빈집 특유의 낯선 냄새가 났다.

집에 오니 긴장이 풀리고 안도감이 들었다. 오랜 시간 이동장에서 답답했을 히끄를 꺼내 주니, 집 안 곳곳 냄새를 맡고 나서 마당에 찾아온 길고양이와 서로 인사를 나눴다. 육지로 떠나기 전, 친구에게 길고양이 사료를 챙겨 달라 부탁했는데 덕분에 모두 평온해 보였다.

이번 휴가의 목적은 동물 치과 전문병원 방문이어서 휴가인 듯 휴가 아닌 나날을 보냈다. 서울에서 하고 싶은 일도 많고 만나고 싶은 사람도 많았지만, 계획대로 다 하지는 못했다. 히끄는 다른 고양이에 비해 낯선 장소에 적응을 잘하는 편이지만 발치 수술과 추가적인 검진이 필요했기 때문에 나도 히끄와 함께 집에 머물며 간병인 겸 집사 역할을 했다.

발치한 후 잇몸을 녹는 실로 꿰맨 탓에 히끄는 습식 사료와 항생제를 먹어야 했다. 수술 후 화장실에는 잘 가는지, 컨디션은 괜찮은지 매일 확인했다. 다행히 식욕은 있었지만, 입이 불편한지 많이 먹지 않아 몸무게 앞자리 숫자가 바뀌었다. 하지만 금세 엄청난 회복력을 보여주며 건사료를 고봉밥으로 먹어 치워 나를 안심시켰다.

이번 치료를 계기로 전문 동물병원의 중요성을 새삼 절감했다. 3년 전, 제주도 동물병원에서 똑같은 발치 수술을 한 경험이 있다. 그때는 입원부터 퇴원까지 아홉 시간 이상이 걸렸고, 히끄는 집에 와서도 통증 때문에 힘들어했다. 그런데 이번 수술은 두 시간밖에 안 걸린 데다, 히끄의 상태도 방금 수술한 줄 모를 만큼 안정적이었다.

"이렇게 회복이 빠를 줄 몰랐어요" 하고 원장님에게 말씀드리니, 주로 치과 진료만 하는 동물병원이라 그에 맞는 마취 방법과 검사, 수술 시스템을 갖추고 있어서 가능하다는 설명을 들었다. 사람도 아픈 부위에 따라 전문의를 찾아가듯, 반려동물도 선천성 질병이나 오랜 지병을 앓고 있다면 전문 진료 동물병원에 갈 수 있었으면 좋겠다.

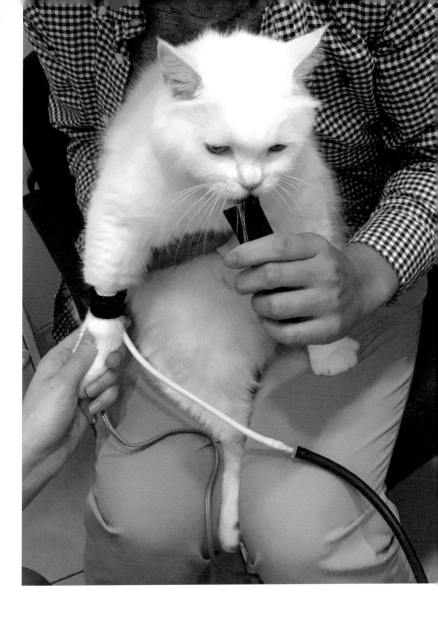

놀이는
최고의 다이어트

폭염의 여파로 한파가 빨리 온다고
해서 11월이 되자마자 보일러 기름통에 등유를 가득 채우고 난방용품을
추가 주문했다. 제주의 겨울은 영하로 떨어지는 날은 별로 없어도 바람이
많이 불어 체감 온도가 낮다. 게다가 우리 집은 농가 주택 특성상 외풍이
심해서 더 걱정이었다.

그런데 예상과 달리 올해 가을엔 바람 한 점 없는 포근한 날씨를 만끽하고
있다. 부모님이 집 마당에서 딴 단감과 농사지은 햅쌀을 보내주셔서 이웃
들과 나눠 먹으며 여유로운 가을을 보냈다. 밥맛이 좋아 갓 지은 밥과 김
치만 있어도 한 그릇 뚝딱 비울 수 있었다.

나만 입맛이 좋아진 게 아니다. 한 달 전, 치아흡수병변 때문에 발치한 히
끄를 위해 사료를 먹기 편하게 토막 내 줬더니 수술 전보다 밥을 더 잘 먹
었다. 그간 간식을 먹지 못해 한이 맺혔는지, 간식 통도 보란 듯 뒤적거렸
다. 잇몸이 아무는 동안 못 먹은 트릿이 몇 개나 되는지 일일이 세고 싶은
가 보다.

히끄와 함께 배를 두드리면서 천고마비의 계절을 느끼지만, 청정지역으
로 알려진 제주 또한 미세먼지의 영향에서 벗어날 수 없어 야외 활동을 자
제했다. 아무것도 모르는 히끄는 밖에 나가자며 야옹야옹 울었다. 이런 때
산책을 대신할 방법이 있다. 히끄가 제일 좋아하는 장난감으로 집 안에서
신나게 놀아 주는 것이다.

특별히 히끄가 사랑하는 마성의 장난감은 물고기 인형이다. 이걸 서랍에
서 꺼내면 히끄는 자다가도 벌떡 일어나 사냥 자세를 취한다. 송곳니로 물

어뜯고 발톱으로 뜯어 너덜너덜해진 인형을 보면 히끄가 얼마나 좋아하는지 느껴진다.

여러 가지 장난감을 번갈아 가며 고양이와 놀아 주는 게 정석이지만, 히끄는 이 인형만 좋아해서 다른 것으로 놀아 주면 반응이 뜨뜻미지근하다. 고양이와 놀아 줄 땐 장난감을 대충 흔들어서는 안 된다. 마치 장난감에 빙의한 듯, 쫓기는 사냥감의 긴박한 모습을 혼신의 힘을 다해 연출해야 한다. 어릴 때 다큐멘터리 〈동물의 왕국〉을 본 경험이 한껏 발휘되는 순간이다. 사냥하는 히끄의 모습이 너무 진지해서 표정만 보면 아프리카 초원의 백사자 같다.

고양이는 혼자서도 잘 놀 거라고 생각하면 오산이다. 개가 산책을 통해 보호자와 유대감을 형성한다면 고양이는 집사와 함께 하는 놀이가 유대감을 만들어주기 때문에 놀이 활동이 무척 중요하다. 개와 다르게 야외 활동을 하지 않는 고양이는 움직임이 적어 살찌기도 쉬워서 건강 관리 차원에서도 놀이는 빼놓을 수 없는 일과다.

고양이도 살이 찌면 관절에 안 좋고 질병의 원인이 되기에 체중 관리가 필요하다. 높은 곳에 잘 올라가고 유연하니 관절도 튼튼할 것으로 생각하기 쉽지만, 의외로 관절염에 걸리는 경우가 많다. 히끄도 길고양이 시절 뭔가에 쫓기다 높은 곳에서 떨어졌는지 앞다리를 다친 적이 있었다. 발이 퉁퉁부어 절룩거리며 찾아온 녀석을 보고 바로 치료했지만, 후유증으로 경추가 손상됐다고 했다. 그래서 지금도 관절 보조제를 꾸준히 챙겨주고 적정 체중을 유지하는 중이다. 자, 히끄는 운동 습관 들이기에 성공했으니, 이제 다이어트는 나만 하면 된다.

신나는 놀이 시간

히끄가 제일 좋아하는 사냥놀이는 고양이 터널 안에서 인형을 가지고
노는 것이다. 그러다 혼자 인형을 물고 뛰어다니며 흥분한다. 침 범벅인
인형을 보면 재미있게 놀았구나 싶어 뿌듯하다.

#내기분마치세렝게티 #내땅콩내놓으라냥

미니멀리스트의
물건

평소 필요한 물건만 사고, 물건을 새로 구매할 때는 신중하게 고민한다. 물욕이 없어서 아기자기한 생활소품도 별로 좋아하지 않는다. 가끔 내 취향이 아닌 물건을 선물 받을 때가 있는데, 준 사람의 성의 때문에 버릴 수도 없어 곤란해진다. 미니멀리즘을 추구하기도 하고 지금도 충분히 많은 물건을 가지고 있기에 채우는 것보다 비우는 게 마음 편하다. 물건을 잘못 사거나 오랫동안 사용하지 않으면 과감하게 버린다. 마음에 드는 옷이 있으면 다른 색으로 여러 벌 사서 돌려가며 입는다. 덕분에 아침마다 무슨 옷을 입을지 고민하는 시간이 줄었다.

대신 조금 비싸도 제대로 만든 물건을 사서 오래 쓰는 걸 좋아한다. 히끄의 용품을 살 때도 마찬가지여서 필요한 물건만 집에 둔다. 가끔 반려동물 용품 회사에서 협찬 제의가 들어오지만, 아무리 좋은 제품이어도 이미 잘 쓰고 있는 물건이 있으면 거절한다.

생활용품은 눈에 보이지 않게 수납 정리하는데 히끄의 물건도 예외는 없다. 히끄는 내심 불만을 느낄지도 모르지만, 방이 좁으니 어쩔 수 없다. 보통 고양이를 키우는 집은 "고양이 집에 사람이 얹혀산다"라는 말이 있을 만큼 고양이 물건으로 뒤덮이기 쉬운데, 그런 물건들이 튀지 않고 자연스럽게 집에 녹아들었으면 했다. 집에서 많은 시간을 보내는 나와 히끄가 함께 편안해야 행복한 공간이 될 테니까.

지금은 우리나라 반려동물 산업 규모가 어마어마하게 커졌고 수입되는 사료 종류도 많지만, 히끄와 함께 살기 시작한 2015년만 해도 선택할 수 있는 고양이 용품이 적었다. 각종 펫 박람회를 보면 집사의 지갑을 열게 만드는 제품도 많다. 히끄가 집고양이 생활을 시작할 때부터 사용해 온 화장실이 좁아 보여 넓은 것으로 바꿔주려고 검색하다 보니, 7년 전에는 히끄가 쓰는 화장실이 제일 큰 제품이었는데 그 사이 제품 종류와 가격대가 훨씬 다양해졌다.

반면 고양이의 습성을 고려하지 않고 사람의 편의만 생각한 용품도 보여서 마음이 불편했다. 사막화 방지를 위해 출입문 구멍을 천장에 두는 고양이 화장실은 높이가 낮아서 모래를 덮을 때 모래 먼지가 고양이 눈에 들어갈 것 같았다. 넓은 야생 환경에서 용변을 처리했던 고양이의 조상들이 이런 화장실을 본다면 무슨 생각을 할지 매우 궁금하다.

고양이는 불편하고 사람만 편한 장치도 눈에 거슬려 떼어내고 쓴다. 예컨대 출입문이 달린 화장실은 먼지 날림과 냄새를 막기 위한 거지만, 화장실을 오가면서 꼬리가 낄 수 있어 출입문을 달지 않았다. 고양이 밥그릇도 마찬가지다. 고양이 수염은 민감해서 외부 자극에 자주 노출되면 스트레스로 받아들인다. 동화 속 여우와 두루미의 마음이 서로 그렇지 않았을까? 좁은 그릇은 사료를 먹을 때 수염을 자극할 가능성이 커서 넓은 밥그릇에 준다. 인간의 삶 속으로 들어온 고양이가 행복하려면 그들이 불편한 점이 없는지 잘 살피는 게 집사의 역할인데, 사람 편하자고 '고양이 집사'로서의 근무 태만에 빠진 건 아닌지 되돌아볼 일이다.

품앗이
육아

게스트하우스 스태프 시절 동거인이자 오조리 동네 친구인 한카피 님은 비가 오나 눈이 오나 바람이 부나 아침저녁으로 반려견 호이, 호삼이(일명 호호브로)와 산책을 한다. 내가 집을 얻어 독립하기 전에는 번갈아 가면서 산책을 시켰는데, 한카피 님이 무릎 수술을 받은 후로는 내가 산책을 맡는 빈도가 높아졌다.

그땐 호삼이가 없던 터라 호이만 산책시키면 됐지만, 난 평소 숨쉬기 운동만 하는 사람이고, 날씨가 막 추워질 때여서 산책하기 싫은 날도 있었다. 그래도 오조리 포구라는 멋진 산책로가 가까이 있어 행복한 산책을 하는 날이 많았다. 평생 모르고 살았을지도 모를 산책의 즐거움을 호이를 산책시키며 알게 되었다.

오조포구로 매일 가도 지루하지 않은 이유는, 갈 때마다 다른 풍경을 보여주기 때문이다. 특히 해가 쨍쨍한 낮보다 노을이 질 때 가는 게 좋다. 하늘이 맑고 바다가 잔잔한 날에는 오조포구에 비친 구름 모습이 볼리비아의 우유니 소금사막처럼 아름다워서 '오조 우유니'라고 부른다. 나중에 제주를 떠나게 된다면 제일 그리울 장소가 오조포구일 것이다.

둘이서 하던 게스트하우스 일을 한카피 님 혼자 한 지도 7년이 넘었다. 쉬는 날도 없이 혼자 게스트하우스를 운영하고, 대형견 두 마리를 산책시키는 걸 곁에서 지켜보면 허리 건강이 염려스럽다. 다행히 한카피 님은 1년에 몇 번 휴가를 가는데, 올해도 따뜻한 나라로 겨울방학을 떠났다. 그럴 때는 내가 호호브로의 밥을 챙기고 산책을 시킨다. 평소 호호브로를 조카처럼 예뻐하지만, 한카피 님이 안 계시면 내가 보호자라고 생각한다. 그래서 아들 둘 키우는 부모처럼 목소리가 커지고, 사고가 안 나게 긴장하며 산책한다.

'제주의 아름다운 자연 풍경을 보며 반려견과 산책하는 삶은 얼마나 멋질까?' 하고 기대하는 사람도 있을 것이다. 하지만 제주 생활자의 산책은 그런 이상과는 거리가 멀고, 매일 자외선과 장마, 칼바람과 추위와 싸우는 게 현실이다. 특히 노즈워크(개가 코를 사용해서 하는 후각 활동) 하는 척 땅에 떨어져 있는 걸 자꾸 주워 먹으려는 녀석들을 말리느라 팔꿈치가 아프다. 아픈 곳이 없는 나도 사흘만 개를 산책시키면 허리까지 뻐근해져서 호호브로에게 "너희들, 엄마 돌아오시면 효도하고 말 잘 들어라" 하며 훈계한다.

히끄를 못 보면 분리불안에 빠져버리는 나지만, 집을 비워야 할 상황에서 조금이나마 마음 놓을 수 있는 건 동친들과 함께하는 품앗이 육아가 자리 잡았기 때문이다. 우리는 여행 계획이 생기면 일정을 알려주고, 서로의 집을 매일 방문해서 반려동물을 챙겨준다.

"한 아이를 키우려면 온 마을이 필요하다"라는 속담이 있다. 아이뿐 아니라 반려동물에게도 해당하는 말이다. 1인 가구가 늘어나면서 홀로 동물을 키우는 사람도 지금보다 많아질 텐데, 이런 1인 가구의 걱정거리 중 하나가 집을 비우거나 갑자기 아플 때 반려동물은 어떻게 돌보나 하는 점이다. 물론 펫시터나 펫호텔 등의 돌봄 서비스도 있지만, 가족 같은 이웃들이 서로 돌보미로 나서 도와준다면 좀 더 안심할 수 있을 것 같다.

네가 떠난 후를
상상해보면

연말을 앞두고 겸사겸사 육지에 있는 친구 집에 다녀왔다. 두 달 전 동물병원 때문에 히끄와 함께 다녀가고 나서 첫 방문이다. 익숙하게 현관 비밀번호를 누르고 집에 들어갔지만, 그때와 달리 히끄가 곁에 없으니 낯설었다. 곁에 있지도 않은 히끄가 따라나설까 봐 반사적으로 현관문을 재빨리 닫고선 '아, 히끄는 제주에 있지' 생각했다. 늘 곁에 히끄가 있는 삶에 익숙해졌는데, 지금은 옆에 없다고 생각하니 기분이 이상했다.

제주에 살다 보니 비행기를 자주 타게 된다. 기류 변화로 기체가 흔들릴 때마다 '오늘 비행기 사고가 나서 죽으면 히끄는 어쩌지?' 하고 상상한다. 그런데 이날 처음으로 '히끄가 먼저 떠나면 나는 어쩌지?' 하는 생각이 들었다. 슬프게도 반려동물의 대부분은 제일 늦게 가족이 되지만 제일 먼저 떠나버린다.

반려동물 동반 가구 수가 늘면서 반려동물을 잃고 경험하는 상실감과 우울 증상인 '펫로스 증후군'을 앓는 사람도 늘고 있다. 동물 전문가들은 "사람의 평균 기대수명이 80세라면 개·고양이는 평균 15세"라고 한다. 함께할 수 있는 시간이 같지 않으니 일찍 찾아오는 이별은 필연적이다. 상실의 슬픔은 함께 보낸 시간에 비례한다. 어린 시절부터 반려동물과 함께 자란 사람들은 같이 산 동물들이 친동생 같아서 죽음을 상상하는 것만으로도 슬프다며 눈물을 글썽인다. 반려동물을 키우지 않았다면 알 수 없는 감정이다. 나 역시 같은 반려인이기에 그 슬픔에 충분히 공감했다.

히끄와 작별하는 날은 최대한 먼 훗날이면 좋겠다. 하지만 그날이 온다면 텅 빈 집에 남은 히끄의 기억과 마주할 자신이 없어 멀리 여행을 떠나야겠다고 다짐했다. 하루 중 대부분을 집에서 히끄와 함께 보내니 꽤 좋은 '아부지'라 자부해 왔지만, 그때가 되면 못 해 준 일만 생각날 것 같다.

예전에는 히끄가 아프면 자책하고 미안해했다. 그 모습을 본 친구가 "네가 약해지면 히끄도 그걸 알아서 불안해하니까 흔들리면 안 돼"라고 했다. 사람처럼 동물도 타고난 유전자가 있고, 수명은 태어날 때부터 정해졌을 수 있다고 말이다. 그 말을 들은 뒤로 갑자기 불안해질 때면 이렇게 되새긴다. 내가 할 수 있는 일은 오지 않은 이별을 미리 걱정하는 게 아니라, 히끄가 건강하도록 좋은 사료와 영양제를 잘 챙겨주는 일뿐이라고.

이렇게 다짐한 후로 자책하는 시간이 줄었다. 누구에게나 반려동물은 소중하지만, 어려울 때 도와줬던 친구가 더 특별하듯 히끄는 힘들었던 시절을 함께 보내서인지 애틋하다.

연말이면 내년 계획이 어떤지 질문을 받곤 한다. 그때나 지금이나 대답은 같다. "올해 충분히 행복했기 때문에 내년도 올해처럼 히끄와 행복했으면 좋겠습니다."

내일이 없던 내가 히끄 덕분에 내년을 계획하는 사람으로 변했다. 글 쓰는 내내 옆에서 잠든 히끄를 쓰다듬으며 '올해 행복했기를, 내년에도 건강하고 행복하기를' 바란다.

히끄에 대한 궁금증을 풀어드립니다

평소 인스타그램에서 히끄와 관련된 질문을 많이 받는다. 그중엔 전에 했던 답변이나 중복되는 질문도 있어서 기존 매체와 나눴던 인터뷰나 책, 연재 칼럼에 언급한 적이 없는 내용 위주로 답변을 모아 봤다.

첫 번째 질문, 히끄가 '꼬리 붕붕' 하는 특별한 때가 있는지?

고양이를 처음 키워봐서 다른 고양이도 이렇게 꼬리를 많이 흔드는 줄 알았다. 집에 놀러 오는 사람마다 "우리 고양이는 안 그런데, 히끄는 꼬리를 쉴 새 없이 흔든다"는 말을 해서 가만 보니, 잠잘 때도 꼬리를 흔들고 있었다. 한때는 '개하고 함께 자랐을까?' 의심했지만, 개를 보면 질색하는 걸 보아 아닌 것 같다. 요약하면 히끄가 '꼬리 붕붕'을 하는 특별한 때는 없고, 그냥 일상적인 몸짓일 따름이다.

두 번째 질문, 히끄를 입양했을 당시 성묘여서 힘들었던 점은?

당시 고양이를 키울 형편도 아니고 계획도 없던 터라 본의 아니게 히끄의 '스트릿 생활'이 길어졌다. 하루라도 더 빨리 데려오지 못해 미안할 뿐, 히끄가 성묘여서 힘든 점은 특별히 없었다. 반려동물의 뽀시래기 시절 사진이 인터넷에 올라오면 히끄의 어린 시절도 궁금하지만 그때뿐이다. 어린 고양이였던 히끄가 어른 고양이로 변한 모습보다는 길고양이였던 히끄가 집고양이가 되는 변화가 더 좋다.

세 번째 질문, 히끄는 외동묘인데 동생을 들일 생각은 없나?

외동이지만 하루 중 대부분을 나와 함께 지내니 외로워하진 않는다. 하지만 '묘연'은 모르는 거니까 가능성은 열어놓았다. 한 생명을 책임진다는 일의 무게를 경험한 덕분에 히끄를 처음 키울 때보다 둘째 입양에 대해 훨씬 신중해졌다. 분명한 건, 첫째가 외로울까 봐 둘째를 들이는 건 바람직하지 않다. 히끄는 다른 고양이를 만나면 잘 놀아서 동생이 생겨도 잘해줄 거라고 믿어 의심치 않는다. 하지만 동물 가족이 늘면 각자에게 줄 수 있는 사랑도 어쩔 수 없이 나눠지기 마련이라 망설여진다.

네 번째 질문, 연인이 고양이를 싫어한다면 사랑을 포기할 수 있는가?

고양이를 안 좋아한다던 사람도 히끄 앞에서는 "넌 다른 고양이와 달라" 하며 사랑 고백하는 사람을 많이 보았다. 고양이를 잘 몰라서 싫어했다면 나도 한때 그랬으니 이해하지만, 시간이 지나도 계속 그렇다면 지속적인 관계는 힘들 것 같다. 비슷한 경우가 있었는데, 말도 못 하는 약한 동물을 이해하지 못하는 모습이 실망스러워 이별을 생각한 경험은 있다.

다섯 번째 질문, 자기가 히끄를 키웠다고 주장하는 사람이 나타난다면?

당연히 보내줄 수 없다. 만약을 대비해 법적인 부분도 알아봤는데 나한테 유리했다. 히끄는 길에서 발견되었으니 길고양이라고 생각했지만, 정황상 유기됐을 확률이 높다. 유명한 고양이인데 전 주인이 나타나지 않는다면 그 사람에게는 아무 의미 없는 고양이일지도 모른다.

사냥 실력을
키우기 위한 노력

12월의 마지막 날에는 새해 목표를 A4 용지에 적곤 했는데 작년에는 적지 않았다. 하고 싶은 일과 이루고 싶은 꿈이 있어도 적어만 놓고 잘 안 보게 돼서 휴대전화 메모장에 생각날 때마다 적고 있다. 휴대전화를 열어 볼 때마다 자극되고, 목표 달성을 위해 무엇을 준비할지 생각하게 되기 때문이다. 장기적인 계획도 중요하지만 히끄와 하루하루 잘 보내는 게 더 소중하기에 평온하게 별일 없이 사는 것이 제일 큰 소원이다.

새해 목표는 크게 두 가지로 나뉜다. 하나는 시험 합격이나 승진처럼 실력과 운이 따라야 하는 일, 다른 하나는 다이어트처럼 꾸준한 노력으로 생활 습관을 바꾸는 일이다. 인간은 어리석고 같은 실수를 반복하는 법이라 나 역시 새해 목표를 세울 때마다 "체중 줄이기, 스마트폰 쓰는 시간 줄이기, 책 많이 읽기"를 항상 적지만 매년 못 지키고 있다. 올해는 작심삼일 중 사흘도 채우지 못했다.

이쯤 되면 지겨워서라도 하나쯤 성공할 법한데 사람이란 참 변함없이 한결같다. 좋은 습관은 꾸준하기 어렵고, 나쁜 버릇은 고치기 힘들다. 특히 휴대전화를 손에 쥐고 있는 시간을 가장 줄이고 싶다. 글을 쓰다 막힐 때마다 스마트폰 속으로 도피하는 바람에 사고력과 문장력이 떨어졌다고 자책하지만, 해가 바뀌어도 바뀌는 건 없었다.

스마트폰을 쓰는 시간이 늘면 가족 간의 소통이 그만큼 단절되기 쉽다. 나만 해도 그랬다. 오른손으로는 히끄와 놀아 주면서도 왼손으로는 스마트폰을 본다. 사냥놀이는 치고 빠지기와 '밀당'이 중요한데, 집중하지 않고 딴짓하면 고양이 입장에서도 재미가 반감된다.

히끄는 사냥은 잘 못 하지만, 집중력과 지구력이 좋아서 헉헉거리며 끝까지 사냥감을 쫓고, 흥분해서 귀와 코, 발바닥이 진한 분홍색이 될 때까지 놀아달라고 한다. 가뜩이나 사냥 실력이 부족해서 훈련이 필요한 판에 건성건성 놀아 주는 집사를 뒀으니 심기가 불편할 법하다. 히끄의 사냥 능력을 끌어올리기 위해서라도 스마트폰 사용 시간을 줄여야 한다.

그래서 요즘은 정해진 시간에만 스마트폰을 쓰고, 가상 세계에 시간을 소모하기보다 히끄와 마당 산책을 하면서 일상생활에 집중하고 있다. 추워서 히끄가 나가자고 현관문 앞을 서성거리면 모르는 척했는데, 이제는 억지로라도 몸을 일으켜 밖으로 나간다. 히끄는 마당 산책을 해서 좋고, 나는 스마트폰에서 벗어나니 누이 좋고 매부 좋다. 아니 아니, 히끄 좋고 집사 좋다.

식탐 히끄

길고양이 시절 먹어 본 기억 탓인지 사람 음식에 관심은 많지만, 건강을 위해 사료를 먹는다. 하지만 내가 먹는 음식에 대한 호기심은 여전하다. 덕분에 매일 눈칫밥을 먹는다.

#다내꼬다내꼬 #나와라가제트손

아부지의
낡은 자전거

우리 집에는 낡은 자전거 두 대가 있었다. 게스트하우스 스태프 시절 여행자 상대로 유료 대여를 해 보려고 마련한 것이다. 이를테면 '살림 밑천 염소' 같은 존재다. 그러나 제주도 특성상 비가 자주 오고 바람이 많이 불어서 자전거 타기 좋은 날이 별로 없어 본전을 뽑는 것만으로 만족해야만 했다.

게스트하우스 스태프 생활을 끝내고 독립하면서 자전거도 염소처럼 함께 끌고 왔다. 한 대는 대문 밖에 세워놓고 도서관 갈 때 타고, 나머지 한 대는 마당 안에 세워두고 대문 밖 자전거가 펑크 나면 교대했다. 체인에 기름칠도 때때로 하고 부품도 교체했지만, 집 밖에 보관해서인지 부식이 심했다. 7년 넘게 타다 보니 타이어와 튜브가 많이 닳아 펑크도 자주 났다. 덕분에 펑크 수리는 혼자서도 할 수 있게 됐다. 나중에는 브레이크까지 자주 고장 나는 바람에 이러다 사고가 날 것 같아서 전기 오토바이를 샀다.

우리 집에는 이 자전거와 나이가 같은 존재가 또 있는데 바로 히끄다. 2021년 1월 27일은 히끄의 일곱 번째 생일이었다. 길고양이였기 때문에 태어난 날을 정확히 몰라서 히끄에게는 일곱 번째 생일이 아닐 수도 있지만, 임시 보호와 동시에 함께 살기 시작한 날을 생일로 정했다.

히끄는 정확한 나이도 알 수 없다. 동물병원 몇 군데에 물어봤는데 병원마다 알려주는 추정 나이가 제각각이었다. 성장발육이 눈에 띄는 한 살 미만의 자묘거나 노화가 나타나는 열 살 이상의 노령묘가 아니라면 더욱 나이를 가늠하기 어렵다. 이럴 때는 이빨 상태로 나이를 예상할 수 있는데, 실제로는 같은 나이여도 치아 관리를 잘 받은 고양이와 치주질환이 있는 고양이는 추정 나이가 달라진다.

어차피 태어난 해도 날짜도 정확히 알 수 없다면 우리에게 의미가 있는 날-즉 히끄를 처음 만난 2014년 기준으로 나이를 세기로 했다. 힘들었던 기억이 있으면 모두 잊고 다시 시작하자는 의미였다. 히끄는 생일 케이크를 보고도 자기 생일인지 모르겠지만 매년 이날 생일잔치를 하고 있다.

지금의 내겐 생일이 아니어도 충분히 좋은 날이 많아서 조용히 보내지만, 어릴 때는 생일이 일 년 중 제일 행복한 날이었다. 슬프게도 내 생일은 여름방학 기간이라 친구들에게 축하를 못 받았다. 부모님은 맞벌이로 바빴기 때문에 케이크를 앞에 두고 생일 파티를 해 본 적이 없다. 어린 시절 내가 그랬기 때문에 아들인 히끄의 생일만큼은 많이 축하해주고 싶다.

함께 산 지 7년이 되니 히끄가 조금씩 달라지는 걸 느낀다. 처음엔 길고양이 시절 굶은 기억 때문에 식탐이 심해서 사료를 주는 대로 다 먹고 사람 음식까지 탐냈다. 하지만 우리 집에서는 그러지 않아도 밥과 간식을 언제든 먹을 수 있다는 걸 깨닫고는 자율 급식이 가능해졌다.

성격도 변했다. 길고양이 시절엔 먹을 걸 줄 것 같은 사람에게 무조건 '생계형 재롱'을 부렸다면 지금은 선택한 사람한테만 도도한 애교를 부린다. 히끄와 동갑인 자전거가 서서히 녹슬고 낡아가는 모습을 보면 '히끄도 이렇게 늙어가겠지' 하는 생각이 든다. 낡은 자전거처럼 고장 난 곳이 생겨도 언제나 고쳐주고 보살펴 줄 테니 걱정하지 말라고, 언제나 네 옆에 있겠다고, 매일이 생일인 것처럼 행복하게 해 주겠다고 다짐한다.

우리 집에
마감 요정이 산다

여러 가지 일을 하고 있지만 어쩌다 보니 글 쓰는 사람으로도 살고 있다. 글쓰기를 좋아하냐고 물어보면 솔직히 즐겁지만은 않다. 쓸 때마다 나의 한계를 매번 확인하기 때문이다. 책이 된 글을 보면 뿌듯했고 《히끄네 집》도 베스트셀러가 되었지만, 전업 작가라고는 생각되지 않아서 '작가님'이라는 호칭이 편하지 않았다.

그러다 한겨레신문 〈애니멀피플〉 연재를 제안받고 새로운 글을 쓰면서 생각이 달라졌다. 《히끄네 집》은 한 꼭지 분량이 원고지 2~3매 정도로 부담이 없었지만, 연재 원고는 한 편 분량이 그 세 배쯤 됐다. 전업 작가에겐 짧은 분량일지 몰라도 본업에 매진하면서 히끄와 놀아 주는 틈틈이 글을 써야 하는 내겐 부담스러운 일이었다.

연재하면서 부족함을 느끼는 날이 많을수록 작가로서 더 나아가고 싶은 마음이 생겼다. 단번에 잘 쓰는 작가가 될 순 없어도 일단 '성실한 작가'부터 되기로 했다. 미문은 아닐지라도 진솔함과 꾸준함이 있다면 좋은 글을 쓸 수 있을 거라 생각했다. 그래서 연재하는 동안 마감을 어겨본 적이 한 번도 없다. 원고가 늦어져 조바심을 내기보다는 일찍 보내버리고 홀가분해지고 싶어서 마감을 서두른다.

아부지가 민박을 시작하면서 히끄도 민박집 아들로서 자연스럽게 가업을 잇게 되었다. 일단 신체조건부터 합격이다. 인심 넉넉해 보이는 커다란 얼굴과 서글서글한 성격은 서비스업에 타고났다. 손님이 체크인할 때까지 자지 않고 거실에서 함께 기다려 줄 만큼 의리도 있다. 시도 때도 없는 '털뿜'만 개선된다면 완벽한 조건이다.

이렇게 쓰고 보니, 스테이 오조에 들어서면 호텔리어처럼 흰색 정장을 단정하게 입은 히끄가 현지인만 아는 맛집과 여행지를 알려줄 것 같다. 하지만 미안하다. 우리도 요즘 뜨는 곳의 정보는 SNS로 얻는다.

아부지가 작가라는 새로운 직업을 얻은 뒤에는 '마감 요정' 역할까지 도맡고 있다. 글을 쓰고 있을 때 수정이 필요한 문장을 발견하면 히끄는 키보드를 밟고 다니며 체크해 준다. 대놓고 지적하면 민망할까 봐 배려하는 몸짓이다. 문장이 막히거나 휴식이 필요해 보이면 쉬었다 하라며 전원 종료 버튼을 꾹 누른다.

이런 행동이 반복되니 '일부러 저러나?' 하고 잠시 오해했는데, 절대 아니다. 바쁠수록 돌아가라는 깊은 뜻이었다. 참으로 세심하고 다정한 고양이다. 원고 저장을 생활화해야 한다는 교훈까지 선물해 주니 말이다. 노트북 화면을 가리는 악역을 자처하는 건, 좋은 글을 쓰려면 어떤 상황에서도 집중하는 훈련이 중요하다고 일러주는 듯하다.

히끄의 내조 덕분에 마감을 어기지 않고 연재한 지 5년이 됐다. 언젠가 내가 쓴 글로 상을 받는 날이 온다면 "나는 히끄가 차려놓은 밥상에서 그저 맛있게 먹기만 했다"고 소감을 말할 것이다. 연재 제의를 받았을 때는 이미 책이 나온 후여서 새로운 소재가 없을 것 같아 잠시 망설였지만, 5년이란 시간이 쌓이니 연재를 통해 또 다른 방식으로 사람들과 소통하는 느낌이다. 이 모든 깨달음의 원천이자 끝없이 영감을 주는 존재, 나의 뮤즈이자 마감 요정인 히끄에게 고마움을 전한다.

키워 보고 나서야
알았습니다

한라봉이 끝물이라 조카들 먹으라고 언니 집에 보냈더니 잘 받았다고 연락이 왔다. 큰아이가 고등학교에 입학해서 언니도 덩달아 바쁘단다. 벌써 고등학생이라니! 명절 때마다 "네가 올해 몇 살이더라?" 하고 묻던 큰아버지가 된 기분이다.

제주로 이주한 후에는 조카들을 볼 일이 거의 없었다. 오랜만에 만나면 부쩍 자란 모습이 어색하지만 내게도 '조카 바보' 시절이 있었다. 언니의 신혼집과 내가 다니던 대학교가 가까워서 함께 살며 조카의 성장을 지켜봤기 때문이다.

조카가 태어난 후에는 수업이 끝나면 곧장 집으로 왔다. 방문을 조심스럽게 열면 후덥지근한 공기 속에 베이비 파우더 냄새가 훅 풍겼다. 바닥엔 이불보에 싸인 갓난아이가 누워 있었다. 미동이 없으면 숨을 잘 쉬는지 확인하고, 고양이 젤리 같은 발바닥을 간질여보곤 했다.

그러고 보면 아이가 있는 집과 고양이가 사는 집은 많이 닮았다. 언니는 외출하고 들어오면 조카 기저귀를 제일 먼저 갈아준 후 분유를 탔는데, 나도 집에 오면 화장실을 치우고 혼자 있느라 심심했을 히끄를 간식으로 달랜다.

조카가 기어 다니기 시작하면서 언니가 늘 손에 걸레를 들고 살았던 이유도 히끄 때문에 습관적으로 청소하면서 깨달았다. 곳곳에 묻은 고양이 털, 발에 밟히는 화장실 모래는 치워도 치워도 늘 있었다. 시야에 보이지 않는데 조용하면 어딘가에서 사고를 치고 있는 게 분명하다는 점도 비슷하다. 자식이 잘 먹고 잘 싸고 잘 자는 것만으로도 얼마나 큰 효도인지, 히끄를 키우면서 깨달았다. 언니는 밥투정하는 조카를 따라다니며 "한 입만 더 먹어" 하고 외치곤 했다. 그러면 나는 "안 먹으면 굶겨. 버릇 나빠져"라며 유난스러운 엄마 취급했다. 그런데 나도 히끄를 보면 언니랑 똑같은 마음이 된다. 잘 먹던 사료를 남기면 어디가 불편해서 그런가 고민한다.

고양이는 음수량 체크도 중요하기 때문에 물을 너무 조금 마신 것 같으면 자는 걸 깨워서라도 반려동물 전용 우유를 먹인 다음 재워야 안심된다. 이런 건강 염려증에는 이유가 있다. 히끄를 건강하게 잘 키우는 것만이 히끄의 진짜 엄마에게 보답하는 길이라 생각하기 때문이다.

자식이 아프면 대신 아파주고 싶은 게 부모 마음이다. 가끔 히끄가 아프면 내 사랑이 부족해서 그랬나 싶어 속상하다. 히끄와 살아보니 낳은 정보다 기른 정이라는 말을 실감한다. 내가 낳진 않았지만 모든 걸 줘도 아깝지 않고, 눈에 넣어도 안 아플 소중한 존재가 바로 히끄이다.

겨울이면 생각나는
동물 친구들

　　　　　　　　　　꽃샘추위가 온 걸 보니 겨울이 완전
히 간 것 같아 마음이 놓인다. 이번 겨울은 비교적 덜 추워서 언제 한파가
올지 내내 긴장했다. 몸은 이미 제주의 한파를 기억하고 있어서 언젠가 한
번 더 추워질 거라고 매일 의심하는 사이 겨울은 얌전하게 지나갔다.

그런데 희미해진 겨울 한파의 존재감을 대신하려는 듯 꽃샘추위가 심상
치 않다. 태풍급 바람 탓에 제주를 오가는 비행기와 배가 결항하거나 회항
하는 일이 생겼다. 강풍 때문에 기온이 뚝 떨어져서 보일러를 계속 돌렸는
데, 그 수혜를 히끄가 누리고 있다.

충분히 따뜻한 털옷을 입었는데도 히끄는 보일러 배관이 지나가는 위치
를 찾아 네발 뻗고 야무지게 등을 지진다. 히끄의 발바닥 젤리에는 아랫
목 감지기가 있는 게 분명하다. 날씨가 안 좋아서 마당 산책은 포기했지
만, 뜨끈뜨끈한 실내 생활도 만족스러워 보인다. 잠자는 모습이 북극곰같
이 귀여워서 궁둥이를 팡팡 두드려주면 좌우로 몸을 흔들며 기지개를 켠
다. 집에서 편하게 있는 히끄를 볼 때면 '이렇게 따뜻한 걸 좋아하는데 입
양하기 전에 반년을 망설였으니, 괜히 추운 겨울 길에서 힘들게 보내게 했
네' 싶어 미안하고 울컥했다.

한동안 우리 집 근처를 오가다 지금은 사라진 히끄의 친구들이 있다. 그
들을 생각하면 길고양이의 삶이 얼마나 짧은지 실감하고, 우리의 '묘연'이
당연한 게 아닌 것 같아 더 소중하게 느껴진다.

나도 처음부터 길고양이가 눈에 밟혔던 건 아니다. 히끄를 처음 길에서 발
견했을 때, 동거인이었던 한카피 님이 나서지 않았다면 사료를 챙겨줄 생

각도 못 했을 정도로 무지했다. 반년 넘게 길 위의 히끄를 지켜보면서 보냈던 시간만큼 나도 변하고 있었다. 히끄를 보면서 길고양이의 삶을 알았고, 밥을 챙겨주고 입양까지 한 사람들의 이야기를 들으면 감동했다.

길고양이들이 밥이라도 잘 먹고 다녔으면 해서 현관문 앞에 길고양이 식당을 마련했다. 자주 보는 얼굴들이 꾸준히 찾아올 줄 알았지만 그렇지 않았다. 히끄와 함께 지냈던 길고양이들은 모두 어디로 사라졌을까? 영역을 바꿨을 거라 믿고 싶지만 내 바람일 뿐, 진짜 이유는 아니란 걸 안다. 15년쯤 된다는 고양이의 평균 수명을 채우지 못할 만큼 길고양이의 삶이 고단하기 때문이다. 추위와 배고픔 말고도 길고양이를 위협하는 것은 많다. 태어난 것만으로 축복받는 고양이가 있는 반면에 처음부터 존재하지 않았던 것처럼 이름도 없이 사라지는 고양이도 있다. 길고양이는 대부분 후자였다.

우리 집에 머무르던 민박 손님이 마을을 나가던 중에 길고양이가 길가에 쓰러진 걸 발견하고 다급하게 연락해 왔다. 가까운 곳이어서 사체를 수습할 상자와 장갑을 들고 걸어갔다. 아는 고양이일까 봐 두려웠다. 밥을 챙겨주던 고양이든 아니든 죽음을 보는 슬픔이 달라지지는 않겠지만, 그래도 모르는 고양이였으면 했다.

막상 가 보니 처음 보는 삼색 고양이였다. 먼저 고양이 별로 떠난 친구들이 있는 곳에 묻어 주었다. 그곳에서는 따뜻한 봄, 우리 집에 오는 길고양이들이 마당에서 뒹굴뒹굴 장난치던 것처럼 행복하기를 바라며.

길고양이 친구들을 소개합니다

3년 넘게 우리 집으로 밥 먹으러 오는 아이들. 날씨가 좋으면 마당에 누워 있기도 하고, 어딘가 숨어 있다가 밥 주는 소리가 나면 쪼르르 달려온다.

#마당냥이들 #차조심사람조심

'월간 육지'
생활자

봄과 함께 제비가 찾아왔다. 새 소리를 들으며 눈뜨니 아침마다 자연휴양림에 누워 있는 기분이다. 제비는 담벼락을 총총 뛰어다니고, 마당까지 날아와 신혼집을 어디에 지을지 탐색하느라 분주하다. 매년 처마 밑에 둥지를 짓는데, 올해는 어떤 세입자가 올지 기대된다.

히끄는 입주 준비 중인 제비를 보고 "캭캭캭" 채터링을 했다. 사냥감을 발견했을 때 고양이가 본능적으로 내는 소리다. 처음에는 새를 잡고 싶어서 내는 소리인 줄 알았지만, 새가 먼저 울어야 채터링을 하는 걸 보니 새소리를 흉내 내는 듯하다. "널 사냥할 거다" 하고 선전포고하는 줄 알았는데, 실은 근엄한 얼굴 뒤에 숨겨둔 개인기로 성대모사를 한 거였다.

한적한 시골에서 살면 이렇게 평화로운 모습을 볼 수 있어서 좋다. 딱 한 가지 아쉬운 게 있다면 문화생활을 즐길 수 없다는 점이다. 지금 사는 오조리는 마당에서 굴러다니는 낙엽 소리가 방에서도 들릴 만큼 조용한 시골 마을이다. 그 고요함을 사랑하지만, 가끔은 시끌벅적 활기가 도는 도시가 그립다. 그래서 한 달에 한 번꼴로 1박 2일 정도 육지에 간다. 휴일이 없는 자영업자인 나에게 주는 짧은 휴가다. 이 행사를 일명 '월간 육지'라 부른다. 한 시간 정도 비행기만 타면 되니 서울행이 그리 힘든 일도 아니다. 간 김에 미용실과 맛집도 들르고, 뮤지컬과 공연, 전시를 본다.

꼭 서울이 아니어도 요즘 '뜬다'는 호텔이 궁금해서 한번 묵어 보려고 다른 지방을 찾아가기도 한다. 숙박업을 하니 사람들이 많이 가는 호텔의 운영 방식이 궁금하다.

최근에는 많이 걷고 싶어서 부산과 경주에 다녀왔다. 일부러 개화 시기를 맞춰 간 게 아닌데, 가는 곳마다 벚꽃이 절정이라 깜짝 선물을 받은 기분이었다. 혼자 가는 여행은 오랜만이어서 20대 시절 생각도 나고, 좋은 에너지를 많이 받았다.

무엇을 하고 싶은지 몰라 방황하던 20대에는 집에 있는 게 너무 불편했다. 독립하고 싶었지만 대학교를 막 졸업한 때라 돈이 없었다. 어디에도 소속되지 않았던 그때는 사회가 나를 쓸모없는 존재로 여기는 것 같았다. 그렇게까지 생각할 일은 아닌데 자존감이 많이 떨어졌던 때라 그랬나 보다. 한데 집에 있을 때는 무기력했던 내가, 낯선 곳에 가면 적응하기 위해 열정적으로 변했다. 그런 내 모습이 마음에 들어서 '난 여행 가는 걸 좋아하는 사람이구나' 생각했다. 그런데 내 일과 집이 생기고 나서 20대를 돌아보니, 그때의 나는 여행이 좋았던 게 아니라 그저 나만의 공간이 필요했던 것 같다.

그 시절 내게 여행은 현실도피였는데, 지금은 히끄와 함께 보내는 일상이 더 좋아서 여행에 대한 갈증이 없다. 확실히 반려동물과 함께 살면 긴 여행을 떠나는 게 망설여진다. 고양이는 개보다 독립적인 동물이라지만, 혼자 있을 때 외로움을 느끼는 건 마찬가지라서 막상 여행을 떠나면 히끄 걱정이 크다. 그래서 처음에는 홈캠으로 히끄가 잘 있는지 몇 번이나 확인했다. 여정의 마지막 날이 돌아오면 아쉬움은 잠깐이고, 드디어 히끄를 만난다는 생각에 기뻐진다.

매년 봄이 오면 익숙한 동네로 찾아오는 제비처럼, 아무리 멀리 떠나도 여행의 종착지는 언제나 그리운 나의 집이다. 여행이 아무리 즐거웠어도 현관에 들어서자마자 "역시 우리 집이 최고다" 하고 내뱉는다. 돌아갈 집과 나를 기다리는 가족이 있는 곳이야말로 여행의 시작이자 행복한 끝이다.

히끄는
요가 고수

제주로 이주하기 전에는 좋아하는 계절을 물으면 여름이라 답했다. 봄이나 가을은 날씨는 좋아도 너무 짧아 존재감이 없고, 방학이 끝나 새 학기가 시작되는 계절이라서 싫었다. 여름이 정말 좋아서라기보다 추운 것보다는 더운 게 조금 더 참을 만해서이기도 했다. 식빵 굽는 고양이처럼 전기장판에 웅크리는 겨울보다 샤워와 선풍기로 버티는 여름이 그나마 나았다.

그런데 이제 좋아하는 계절이 겨울로 바뀌었다. 해수욕장 물놀이를 하고 울창한 숲을 보고 싶다면 여름에 제주 여행을 오는 게 좋지만, 제주에서 생활하는 입장에서는 덥고 습해서 여름이 힘들다.

무엇보다 겨울이 좋은 이유는 털모자를 쓸 수 있어서다. 육지에 살 때는 털모자를 사 본 적이 없었는데, 제주의 거센 바람에 머리가 휘날려서 쓰기 시작했다. 보온에도 도움이 되니 잠잘 때만 빼고 항상 모자와 함께 생활한다.

털모자 덕분에 헤어스타일을 신경 쓰지 않아서 편했는데, 다음 육지 행의 첫 목적지는 미용실이 되었다. 미용실에 갈 때 원하는 헤어스타일의 연예인 사진을 저장해 수줍게 보여주면 "손님, 이건 '얼굴발'이에요"라고 말할까 봐 눈치 보인다. 히끄는 미용실에 가지 않아도 털 길이가 그대로 유지되는 게 부럽다. 내 머리도 고양이 털처럼 윤기가 나고 멋지면 얼마나 좋을까? 그러면 "손님, 이건 '고양이발'이에요"라는 유행어가 나올 것이다.

히끄의 털을 보면 잠자고 일어나도 떡 지지 않아서 항상 볼륨감이 있고 뽀송뽀송하다. 털이 빵실빵실해서 얼굴이 커 보이고 살쪘다는 오해도 많이 받는다. 걸을 때는 몸을 실룩거려서 엉덩이와 뒷다리가 솜바지 입은 모습인데 사람들은 이마저 귀엽고 특별하다고 말해 주었다. 내가 통뼈라 골격이 커서 덩치도 커 보이는 것처럼, 사실 히끄는 털이 유난히 촘촘하게 나서 살쪄 보일 뿐이다. 히끄가 오해를 받을 때마다 "우리 애는 흰털 옷을 입어서 부해 보이는 거라니까요"라고 말하고 싶다.

히끄의 '털발'은 그루밍 덕분이다. 까끌까끌한 혀에 침을 묻혀 구석구석 핥으면 어느덧 털이 백옥처럼 깔끔해진다. 대충 털만 정리하는 게 아니라 털 사이사이 피부까지 씻는다. 혀가 닿는 모든 곳을 닦으려고 짧은 다리를 직각으로 들거나, 몸을 반으로 접기도 한다. 그 어려운 동작을 하면서도 표정은 평온해서 요가 고수 같다.

그루밍을 방해하면 내가 만진 곳을 불결하다는 듯 보고는 다시 핥는다. 단순히 청결을 위한 그루밍이 아니라 정신 수련처럼 보인다. 희끄무레해서 이름을 히끄로 지어줬더니 이름처럼 살려는지 그루밍도 열심이다. 가수는 노래 제목 따라간다는 말이 있는데, 고양이도 이름 따라가는 건지. 둘째 고양이를 들인다면 '건물주'나 '로또'로 지어야겠다.

고사리 장마 끝,
고양이만 신난다

　　　　　　　　　　제주에서는 고사리 채취 시기인 4월
중순부터 말까지의 우기를 '고사리 장마'라고 부른다. 길게는 일주일 동안
짙은 안개와 비가 내려서 영화 〈곡성〉 속 시골 마을 같은 스산함이 감돈
다. 이 비를 맞으며 제주 곳곳에서 고사리가 돋아난다.

고사리 축제가 열릴 만큼 제주 고사리는 맛 좋기로 유명하다. 옆집 할머니
는 일출과 동시에 고사리를 꺾으러 중산간에 가신다. 말린 고사리는 100g
당 1만 원에 팔 수 있으니 시골 부업으로 꽤 쏠쏠하다. 꼭 돈벌이를 위해서
가 아니더라도 아기 손가락처럼 통통한 고사리를 꺾는 재미가 쏠쏠해서
자려고 눈 감아도 고사리가 아른거린다는 말이 나올 정도다.

고사리 장마가 끝나고 맑은 날이 계속되더니 한낮에는 초여름 날씨가 됐
다. 히끄도 더운지 바람이 잘 통하는 창문 앞에서 낮잠을 자기 시작했다.
이러다 곧 에어컨을 켜야 할 것 같아서 에어컨 청소를 예약했다. 시중에
파는 에어컨 세정제가 있지만, 냉각핀 깊숙한 곳까지 청소하기에는 역부
족이다. 가습기 살균제 사건이 일어난 후에는 아무리 인체에 무해한 제품
이라고 광고해도 믿을 수 없어서 고압 스팀으로만 세척하는 업체를 찾았
다. 집에 아이가 있으니 약품은 사용하지 말아 달라고 한 번 더 당부했다.
히끄와 함께 살면서 방향제와 향초 사용도 자제하고, 성분을 알 수 없으면
사용하지 않는다.

반려동물이 사는 집은 걸음마를 시작한 아이가 있는 집과 같다. 아이는 한
창 호기심이 많아서 서랍을 열다가 손가락이 끼기도 하고, 가구 모서리에
부딪히기도 한다. 이를 방지하기 위해 서랍 잠금장치와 모서리 보호대를

쓴다. 고양이는 발소리가 없고 민첩해서 움직임을 감지하기 어려우니 사람 아이와 마찬가지로 대처해야 한다. '고양이 님'을 안전하게 모셔야 할 의무가 있는 집사는 앞을 내다보고 발생 가능한 문제를 사전에 차단해야 한다는 뜻이다.

에어컨 청소 날, 청소 업체 직원이 들락날락하는 틈에 히끄가 밖으로 나갈 수도 있어서 에어컨 없는 방에 잠시 가뒀다. 평소에는 못 가게 해도 기어이 들어가더니, 그날은 계속 꺼내 달라고 야옹거렸다. 정말 청개구리가 따로 없다.

계절이 바뀌어 여름이 되면 히끄는 털갈이만 하면 되지만, 나는 에어컨 청소를 시작으로 할 일이 많다. 모기가 많은 시골이라 심장사상충 예방약을 히끄 목 뒤에 발라줬다. 자고 있던 히끄는 축축하고 이상한 기분이 들었는지 눈을 껌뻑거리고는 다시 잠이 들었다.

제주 날씨는 변덕이 심하다. 분명히 에어컨 청소하는 날까지는 더웠는데 다음 날부터 쌀쌀해졌다. 선풍기를 집어넣고 전기장판을 다시 꺼냈다. 매년 속지 말자고 다짐하지만 올해도 역시 속고 말았다. '청기 백기' 게임을 하는 것도 아닌데 "반소매 옷 빼고, 긴소매 옷 넣어. 전기장판 넣지 말고, 선풍기 넣어" 식의 날씨가 반복된다. 그래서 이맘때는 당분간 안 입을 걸로 생각해 압축해 둔 옷들의 압축팩이 모두 풀려 있다. 덕분에 히끄도 옷방에 들어갔다 나왔다 하면서 옷에 털을 묻혀 가며 신나게 논다. 어쩔 수 없이 털 떼는 수고가 또 늘겠지만, 히끄가 즐거우면 그걸로 됐다.

초보 농부의
깨달음

　　　　　　　　지금 히끄와 함께 사는 집을 계약하면서 바로 옆에 딸린 텃밭을 덤으로 받았다. 농사 경험은 없었지만, 텃밭이라기에는 꽤 넓은 그 땅을 놀려 두기 아까웠다. 신선한 채소를 키워서 바로 먹을 생각에 모종을 샀다.

농사 첫해에는 텃밭을 빈틈없이 채울 욕심에 이것저것 심었다. 무식하면 용감하다는 말처럼, 농사를 시작할 때만 해도 모든 게 쉽게 느껴졌다. 마음만은 이미 대농이었다.

영화 〈리틀 포레스트〉의 주인공처럼 자급자족하는 삶을 살겠다는 로망만으로 시작했더니 역시 시행착오가 생겼다. 단호박 잎을 따서 된장국에 넣었는데 맛이 너무 썼다. 다시 봤더니 참외 잎이었다. 엄마가 손수 심어준 마늘은 어떻게 키우는지 몰라 죽이고 말았다. 노력해도 내 힘으로 안 되는 일도 있었다. 애지중지하던 토마토 줄기가 태풍에 꺾여 나갔고, 고추는 알 수 없는 병에 걸려 말라 죽었다.

텃밭은 히끄 털이 빠지는 속도만큼 빠르게 잡초가 자랐다. 히끄가 그루밍을 할 때 털을 많이 삼킬까 봐 빗질을 자주 해 주는데, 텃밭 관리는 그러지 못했다. 텃밭은 순식간에 망가졌고, 그럴 때마다 내가 농사와 안 맞는다고만 생각했다.

의욕 넘치게 시작한 텃밭 농사가 버거워진 건 애정이 없어서였다는 걸 최근에야 깨달았다. 그저 노동이라고만 여겨서 흙과 마음으로 교감하지 못했기에 땅의 상태를 몰랐다. 조금만 들여다봤다면 알 수 있었던 경고 신호도 미처 보지 못한 내 탓이었다. 농작물도 반려동물을 키울 때처럼 돌보는 사람이 애정과 시간을 많이 들이면 건강하게 잘 자란다. 작물을 자식같이 키운다는 농부의 말뜻을 그제야 알게 되었다.

지인 농부의 일손을 돕다가 다시 내 텃밭도 잘 가꿔보고 싶은 의욕이 생겼다. 흙을 만지다 보니 잡념은 사라지고 명상하는 기분이 들었다. 평소에는 쉴 때도 휴대전화를 보고 있어서 온전히 뇌를 쉬게 하는 건 잘 때뿐이었는데, 밭에서 일하고 나면 몸은 힘들어도 머리는 상쾌했다. 그걸 깨닫고 나서 밭에 있는 시간이 진심으로 좋아졌다. 나이를 먹을수록 따지는 게 많아져서 몸을 사렸는데, 농사를 제대로 배우고 싶다는 생각이 들었다. 지금은 단호박과 당근을 주로 키우지만, 텃밭 농부 초기에는 비교적 관리가 쉬운 고구마로 친환경 인증을 시작했다.

뭐든 글로 먼저 배우는 편이라 농사를 본격적으로 시작할 때도 텃밭 가꾸기와 고구마 재배에 관한 책부터 읽기 시작했다. 내가 무엇에 관심이 있었는지 알려면 도서관 대출 내역을 보면 된다. 히끄를 키우기 시작할 때는 시중에 나온 고양이 서적을 모두 찾아 읽었다. 이제는 키워드가 고양이에서 고구마로 바뀌었다. '고양이 확대범'이 아닌 '고구마 확대범'이 되어 히끄와 함께 먹어도 될 만큼 맛있는 고구마를 정성스럽게 키워냈다.

아침에 일어나면 손을 깨끗이 씻고 히끄 눈곱을 떼어주는 게 일과인데, 한 가지 일이 더 추가됐다. 텃밭에 나가 고구마가 잘 크는지 둘러보는 일이다. 히끄는 창문틀에 앉아 내가 텃밭과 마당을 분주하게 오가는 걸 지켜본다. 텃밭 관리를 잘하는지 감시라도 하는 것처럼. 이제 우리는 '마감 요정과 작가'에서 '지주와 소작농' 관계가 된 것만 같다.

가족사진
찍던 날

드디어 제주에도 반려동물 사진을 찍는 사진관이 생겼다고 해서 히끄와 함께 다녀왔다. 옷은 많아도 입을 게 없다며 옷장을 한참 들여다보는 사람처럼, 히끄 사진은 많지만 다 비슷해 보였던 터라 솔깃했다.

SNS에 올리는 히끄의 사진은 대부분 집에서 찍고, 인터뷰할 때 외부인이 와서 찍더라도 히끄가 스트레스를 받지 않는 선에서 편한 모습을 담았다. 그런 사진에 비하면 스튜디오 사진은 작위적으로 보일 수도 있지만, 전문가가 정식으로 찍어준 멋진 사진을 하나쯤 갖고 싶었다. 시골에 살며 자급자족을 추구해도 가끔 공산품에 끌리는 것처럼, 자연스러운 일상은 이미 휴대전화로 많이 찍어서 스튜디오 사진을 찍고 싶었는데 시기가 적절했다.

사진 촬영을 예약한 날, 히끄를 이동장에 안전하게 넣고 간식도 챙겼다. 히끄는 고양이치고 낯선 공간에 적응을 잘하는 편이지만 자식 일은 장담하는 게 아니랬다. 혹시 생길지도 모를 돌발상황에 대비해야 했다.

사진관에 도착해 적응 시간을 보낸 후 촬영을 시작했다. 카메라를 보게 하려고 장난감을 흔들어 봤지만, 공간이 넓어 히끄의 관심이 분산되는 바람에 실패했다. 그나마 챙겨 간 간식이 큰 몫을 했다. 간식을 날름날름 핥느라 혀를 내민 사진이 많았지만 시선 유도에는 그만한 게 없었다.

의외로 '묘생 사진'의 일등 공신은 커튼이었다. 우리 집에는 없는 물건이라 커튼의 존재가 궁금했나 보다. 히끄가 커튼 젖히는 소리에 관심을 보이는 걸 우연히 발견하고, 사진사가 사진을 찍는 동안 커튼을 열심히 이리저리 젖혔다. 백일이나 돌 사진을 찍을 때 아기 앞에서 하염없이 딸랑이를 흔드는 부모 마음이 이럴까? 평소 술을 즐기지 않지만 촬영한 날 저녁에는 맥주를 마셨다. 제대로 된 한 컷을 얻기 위해 하얗게 불태웠기 때문이다.

히끄의 프로필 사진을 찍는 김에 가족사진도 찍었다. 우리 집도 그렇고, 친구네 집에 놀러 가면 항상 가족사진이 벽에 걸려 있거나 장식장에 놓여 있었다. 사이가 나쁜 가족도 가족사진에서만큼은 활짝 웃고, 세상에서 제일 화목한 사이처럼 보인다. 그런 사진을 보면 행복을 인위적으로 전시하는 느낌이 들어 불편한 마음이 있었다. 태어날 때부터 정해진 가족이 아닌, 내가 선택한 첫 번째 가족 히끄와 함께한 가족사진이 생겨서 좋았다.

일주일 뒤에 액자가 도착했다. SNS로만 히끄를 지켜보다 히끄네 민박에 묵으면서 실물을 영접한 사람들은 하나같이 "실물이 훨씬 작고 귀엽다"고 감탄했다. 미안하지만, 내 눈에는 현실 히끄보다 사진 속 히끄가 더 예뻤다. 현실 속 히끄는 '박찢남'(박스 찢는 남자)인데, 사진 속에는 '만찢남'(만화를 찢고 나온 듯한 남자)이 있었다. 당당한 눈빛과 곧은 자세는 까다로운 면접도 프리패스할 관상이었다. 당장 비행기를 타고 아이비리그에 입학할 듯 똘망똘망한 모습에 절로 아빠 미소가 번졌다. 포토샵 보정 만세!

사진관 대표님은 "많은 동물을 찍어봤지만, 히끄의 표정이 제일 풍부해서 작업하는 재미가 있었다"며 후일담을 들려줬다. 덕분에 잘 생기고 예쁜 사람만 올라온다는 사진관 쇼윈도 메인 자리를 히끄가 차지했다. 지금은 가족사진에 히끄와 나 단둘이지만, 언젠가 두 번째 가족이 생겼을 때는 우리에게 또 어떤 추억이 찾아올까 기다려진다.

기적의 고양이
'밥'과 히끄

　　　　　부산에서 매년 열리는 반려동물 주제 종합페스티벌인 〈펫&팸 페스티벌〉에 초대받았다. 2박 3일 일정이라 짐을 싸는데 히끄가 캐리어에 쏙 들어가 '날 두고 어딜 가냥?' 하는 눈빛으로 쳐다봤다. 평소 상자에 들어가 놀 때처럼 별 의미 없는 행동일 수도 있지만, 출장을 앞두고 괜히 미안해졌다.

출발 전날부터 태풍급 비바람이 불어 결항할까 걱정했는데 무사히 부산에 도착했다. 지난해 강형욱 훈련사를 시작으로 올해는 '냐옹신' 나응식 수의사와 유기견의 대모인 배우 이용녀 씨가 자리를 빛냈다. 내가 진행하는 '관객과의 대화'는 영화 〈내 어깨 위 고양이, 밥〉을 보고 관객들과 이야기를 나누는 자리였다. 여러 사람 앞에 서는 건 여전히 떨리지만, 한편으론 재미있는 일이었다.

〈내 어깨 위 고양이, 밥〉은 마약과 무기력에 찌든 노숙인 제임스가 길고양이 밥을 만나면서 삶이 변화하는 과정을 담은 영화다. 밥을 처음 알게 된 건 영화가 아닌 《빅이슈》 잡지였다. 히끄는 한국판 《빅이슈》 표지 모델로 등극한 적이 있는데, 보통 연예인이 표지 모델을 장식해 온 《빅이슈》에서 동물을 표지 모델로 세운 것은 창간 8년 만에 처음 있는 일이었다. 그래서 처음에는 안 팔릴까 봐 관계자들이 염려했다고 한다. 그런데 예상을 뒤엎고 재판을 찍어 매진시키며 성공적인 완판 신화를 이뤄냈다.

고양이 밥은 히끄보다 먼저 일본판 《빅이슈》 표지를 장식했던 이력이 있다. 표지 모델로는 선배 고양이라서 평소 애정을 품고 있었는데, 이번 행사를 통해 영화까지 보게 된 것이다. 극적인 상황을 연출하기 위한 아찔한 장면이 마음에 걸리긴 했지만, 집사들만 아는 고양이의 매력 포인트가 잘 담겨 엄마 미소를 지으며 봤다.

실화를 바탕으로 만든 영화라는 사실보다 놀라운 건 밥이 직접 나서서 배우로 연기했다는 점이다. 밥은 오스카상을 받아도 손색이 없을 연기 천재였다. 〈캡틴 마블〉의 구스도 그렇고, 역시 진리의 '치즈냥'은 달랐다.

영화 곳곳에 등장하는 전지적 고양이 시점의 카메라 앵글도 인상적이었다. 고양이 시점의 화면을 보니, 히끄도 서 있는 나를 볼 때면 고개를 많이 쳐들어야 해서 힘들었을 것 같다. 그런데도 항상 나를 애정 어린 눈으로 바라봐줬으니 이제 내가 히끄에게 눈높이를 맞춰야겠다 싶다.

밥과 제임스의 묘연을 따라가면서 히끄와 내가 겹쳐 보이는 순간이 많았다. 나는 노숙 생활이나 약물중독에 빠진 적은 없지만, 히끄를 입양할 당시 경제적·심리적으로 불안한 질풍노도의 시기를 겪고 있었다. 엄격히 따진다면 그때의 나도 제임스처럼 반려인 자격이 없었다.

하지만 부족한 환경에서도 최선을 다해 밥과 함께 지내려고 했던 제임스처럼, 나 또한 힘든 상황에서 히끄를 지켜주고 싶었다. 돌이켜보면 히끄가 흔들리던 나를 붙잡아 준 것 같다. 고양이가 돈을 빌려주거나 눈앞의 문제를 해결해 줄 수는 없지만, 지켜주고 싶은 소중한 존재가 곁에 있다는 사실만으로도 충분히 위로받았기 때문이다.

영화가 끝나고 엔딩 크레디트가 올라가는 동안 반려동물과 함께 사는 데 필요한 절대조건을 다시 생각했다. '곳간에서 인심 난다'는 말처럼, 풍족한 환경에서 인정을 베푸는 건 쉽다. 어려운 상황 속에서도 반려동물을 지켜주는 것이야말로 진정한 책임감이 아닐까? '기쁠 때나 슬플 때나 함께 하겠다'는 맹세는 결혼식뿐 아니라 반려동물을 입양할 때도 마음에 새겨야 할 말이다.

가족이란
무엇인가

　　명절이 다가오면 SNS에서 '잔소리 메뉴판'이 화제다. 외모 지적부터 취업, 결혼, 자녀 계획에 이르기까지 불편한 질문 공세를 차단하고 싶은 사람들이 "내 걱정은 유료로 판매할 테니 구입한 뒤에 이용해 달라"며 만든 것이다. 듣기 싫은 잔소리나 오지랖 넓은 참견일수록 가격은 기하급수적으로 올라간다. 그게 씁쓸한 웃음 포인트이기도 하다.

굳이 메뉴판까지 만들지 않아도 잔소리를 원천 봉쇄할 묘수는 있다. 아예 본가에 가지 않는 것이다. 나는 몇 년째 이 방법을 쓰고 있다. "연휴에 놀러 오는 사람이 많아서 더 바쁘니 민박을 쉴 수 없다"는 핑계를 댔지만, 진짜 이유는 따로 있다. 본가에서 괴로운 명절을 지내기보다 히끄와 동친들과 보내는 게 행복하기 때문이다. 내가 없어도 언니와 오빠, 조카들이 있으니 부모님은 적적하지 않으실 것이다.

몇 년 전까지만 해도 혼자 음식을 준비할 엄마가 걱정돼 명절이면 본가로 갔다. 결혼한 언니는 시댁에 들렀다 와야 해서, 나라도 엄마를 도와야 했다. 하지만 오랜만에 가족을 만난 반가움은 잠시뿐이고, 이 집에 일하러 온 건지 명절을 지내러 온 건지 알 수 없는 상황이 이어졌다. 엄마와 내가 하루에도 몇 번씩 상 차리고 치우는 일을 반복할 때 아빠와 오빠는 누워서 텔레비전만 봤다. 음식 나르는 일이라도 나눠서 하면 좋으련만 밥상까지 코앞에 대령해야 했고, 남자들은 안방에서 여자들은 주방에서 따로 밥을 먹었다. 상에 놓인 반찬도 남녀가 확연하게 달랐다. 이런 일이 매년 반복되니 마음이 불편해져서 본가에 발길을 끊었다. 한번 가지 말자고 결심한 뒤부터는 명절을 행복하게 보낼 수 있었다.

그래도 기름진 명절 음식을 먹던 입맛과 이웃집에서 풍기는 전 냄새의 유혹은 참을 수 없어 동친들과 함께 음식을 만들어 먹으며 즐긴다. 상은 딱 명절에만 먹을 정도로만 간소하게 차린다. 손이 가는 음식도 동친들과 만들면 번거롭거나 귀찮다는 생각이 들지 않았다. 함께 장을 봐서 음식을 만들어 한 상에서 먹고 정리도 같이 한다. 누구도 소외되지 않는 명절이어서 좋았다.

모두가 주방에서 일하기엔 좁아서 전 부치는 건 내가 맡고 한카피 님이 거실에서 꼬치 산적을 만들었다. 히끄도 끼고 싶은지 이리저리 기웃거리며 호시탐탐 음식을 노렸다. 거실과 주방을 오가며 털을 한껏 뿜는 바람에 음식 만드는 동안만 얌전히 있으라고 방에 데려다 놓고 문을 닫았다. 그랬더니 닫힌 문 너머 들려오는 히끄 울음소리가 점점 커졌다. 맛있는 냄새가 나서 궁금한데 문이 안 열리니 화가 잔뜩 난 것 같았다.

"털 좀 날리면 어떠냐? 너도 가족이니까 함께 즐기자."

못 이긴 척 문을 열어주니 금세 기분이 풀렸는지 꼬리를 살랑살랑 흔들며 나온다. 동친들과 명절 음식을 두둑이 나눠 먹고 배가 불러 마루에 누웠다. 내 팔에 머리를 살포시 기대며 팔베개를 청하는 히끄를 쓰다듬으니 털에서 고소한 기름 냄새가 났다. 어쩐지 온종일 그루밍을 하더라니. 기름 냄새를 닦아내려던 건지, 고소한 맛을 보고 싶어 그런 건지는 너만 알겠지.

까무룩 낮잠이 들었다가 눈을 뜨니 평소 밥 먹으러 오는 길고양이 중 하나인 고등고등이 와 있었다. 사료를 부어 주고 곁에서 한참 지켜봤다. 명절인데 혼자 밥 먹는 게 쓸쓸해 보여 오늘만이라도 겸상을 해 주고 싶었다. 그래, 가족이 별거냐? 힘든 날도 기쁜 날도 함께하는 게 가족이지.

히끄의
'회끄' 시절을 생각하며

히끄는 과묵해 보이지만 실은 '투머치 토커'다. 냉장고 문을 열면 쪼르르 달려와 간식 달라며 야옹거리고, 누워서 휴대전화를 보고 있으면 놀아달라며 야옹거린다. 히끄가 사람 말을 할 수 있다면 물어보고 싶은 게 많다. 제일 궁금한 건 "너는 어디서 왔니?"다.

히끄를 처음 발견했을 땐 시골 마을에 웬 흰 고양이인가 싶었다. 주민 대부분이 어르신이라 이런 고양이를 키울 만한 집이 없어서 잠깐 집을 나왔거나 가족이 있는 외출냥이라고 생각했다. 그 후에도 히끄의 가족으로 보이는 흰 고양이는 나타나지 않았다. 길고양이라기보다 유기된 고양이로 추정하는 것도 그 때문이다.

며칠 동안 지켜보니 매일 집 주변을 서성거렸고 사료를 주면 허겁지겁 먹었다. 멀리서 볼 땐 몰랐는데 가까이서 보니 귀에 곰팡이 피부염이 있고 몸에는 군데군데 털이 빠져 있었다. 나중에 히끄를 입양하고 미용하면서 보니 몸 곳곳에 흉터까지 있었다. 동물병원에서는 고양이 발톱에 찍힌 흔적이라며 거리에서 생활할 때 다른 길고양이한테 공격당한 것 같다고 했다. "히끄는 길고양이 시절 17대 1로 싸웠을 거야, 열일곱 마리 중에 하나로"라며 농담했지만, 실제로 흰 고양이는 털 빛깔이 여느 길고양이들과 많이 달라서 공격받기도 쉽다고 한다.

처음 만났을 때 히끄는 지금과 달리 사람을 몹시 경계했다. 안전한 곳에 살다가 갑자기 길로 내몰린 고양이들이 으레 그렇듯. 하얀 털이 무색하게 행색이 초라해서 히끄라는 이름을 지어주고 나서도 '회끄(회색 히끄)'라는 별명을 붙여줄 정도였다.

히끄를 볼 때마다 이렇게 착하고 예쁜 고양이를 왜 버렸을까 생각했다. 내가 알지 못하는 과거에 무슨 일이 있었던 걸까?

유기동물을 입양한 사람이라면 '원래 키우던 사람이 찾아오면 어떻게 해야 하지?' 하고 상상해봤을 것이다. 히끄를 버린 사람에게 불가피한 이유가 있어서 그랬을 거라고 이해하고 싶지 않다. 히끄가 이만큼 유명해졌는데도 내 고양이라며 찾아오는 사람이 없는 걸 보면 그는 히끄의 존재를 오래전에 잊어버리고 알아보지 못할지도 모른다. 차라리 그러기를 바란다. 히끄는 이미 과거를 잊고 행복한 묘생을 살고 있으니까.

내게 히끄는 행복을 알게 해 준 유일한 존재이자 소중한 가족이다. 그래서 히끄가 살아갈 날들이 행복으로 가득하길 바라고, 그렇게 될 수 있도록 내 삶의 대부분을 기꺼이 바칠 준비가 되어 있다.

이 글을 쓰면서 히끄를 처음 발견했을 때의 두려움 가득한 눈빛과 앙상했던 몸이 오랜만에 떠올라 눈물이 났다. 버림받은 게 아니라, 날씨 좋은 날 소풍 나와서 나비를 쫓아 이리저리 헤매다 아부지를 만났다고, 히끄가 이렇게 생각하면 좋겠다.

길에서 보낸 하루하루

간택 받으려고 사람들 주변을 서성이던 시절. 얼굴 예쁜 것만 믿고 잘 안 씻고 다녀서 스트릿 기간이 늘어났다고 한다.

#히끄아닌회끄 #스트릿시절

집사에게
가계부가 필요한 이유

딱히 사치하는 것도 아닌데 목돈이 모이지 않는다고 주변에 말했더니, 하나같이 가계부를 써 보라고 조언했다. 가계부를 쓰는 게 귀찮기보다는 그걸 쓴다고 나갈 돈이 안 나가는 것도 아니라서 필요성을 느끼지 못했다. 대부분의 수입이 운영하는 민박에서만 발생하니, 자영업자지만 월급처럼 수입도 고정적이어서 더욱 그랬다.

하지만 최근에는 광고료 같은 부수입이 들어오기도 하고 장기적인 재정 계획을 세우기 위해 나의 재정 상태를 객관적으로 알고 싶어 가계부를 적기 시작했다. "먹는 게 없는데 살이 안 빠져요"라고 하소연하는 사람도 다이어트 일기를 쓰면 자신도 모르는 사이 뭔가를 끊임없이 먹고 있었다는 걸 깨닫게 된다. 마찬가지로 가계부를 적어보니 두루뭉술하게만 알았던 수입과 지출, 소비 패턴을 정확히 알게 됐다. 카드 사용 명세서를 확인해 보면 내가 돈을 쓴 내역이 정직하게 찍혀 있었다.

무엇보다도 반려동물과 함께 살기에 재정 상태를 정확하게 파악해야 하고 여유 자금도 필요했다. 사람은 국민건강보험이 적용되어 큰 질병에 걸려도 부담이 덜하지만, 반려동물이 아파서 병원에 가기 시작하면 부르는 게 값일 만큼 동물 의료비가 천차만별이다. 병이 심각하면 일주일에 천만 원이 청구되는 경우도 봤다. 특히 다묘 가정이나 대형견을 키우는 집에서는 기본적인 사룟값도 많이 들지만, 나이를 먹을수록 병원비가 상상을 초월한다. 유전병 발생 확률이 높은 특정 품종의 반려동물과 살고 있다면 동물병원에 자주 갈 확률도 높아진다.

돈의 많고 적음이 반려인의 자격 여부를 결정하는 건 아니다. 가난해도 반려동물을 키울 수는 있다. 하지만, 돈이 없다면 아플 때 치료해주고 싶어도 할 수 없는 상황에 직면하게 된다. 그렇게 되고 싶지는 않아서 열심히 돈을 벌고 있다.

히끄와 함께 살기 시작했을 때는 한창 민박 오픈을 준비할 무렵이라 늘 경제적으로 쪼들렸다. 집은 사는 것보다 고치는 게 더 힘들다더니, 예상치 못한 공사비가 불쑥불쑥 터져 늘 현금이 부족했다. 신용카드 한도도 초과했다. 만약 그때 히끄가 크게 아프기라도 했다면 카드 돌려막기를 해야 했을지도 모른다.

히끄는 건강한 편이라 고정 비용은 사료, 간식, 영양제, 화장실 모래뿐이다. 이런 용품들이 떨어지기 전에 미리 채워 넣는 게 진정한 집사의 본분이자 기쁨이다. 매달 나가는 기본 지출만 20만 원 정도지만, 갑자기 치주 질환이라도 발생하면 병원비는 100만 원을 훌쩍 넘는다. 히끄와 함께 살면서 반려동물을 키우는 데 얼마나 손이 많이 가는지 알았고, 한 생명을 책임지는 일의 무게를 느끼지 않은 날이 하루도 없었다.

가정의 달 5월이면 펫숍을 찾는 사람이 평소보다 늘어난다고 한다. 자녀에게 줄 '깜짝 선물'로 반려동물을 사 가는 부모들이 있어서다. 온 가족이 함께 고민한 후 데려와도 힘든 일이 생기기 마련인데, 준비 없이 키우기 시작하니 어려움이 생기면 쉽게 포기한다. 고양이는 병원비를 직접 계산할 일이 없으니 결국 책임은 집사의 몫. 반려동물과 함께 살고 싶다면 그에 따르는 책임도 질 각오가 되어 있어야 한다. 한 고양이 전문 페어에서 슬로건으로 내세워 화제가 되었던 "가슴으로 낳아 지갑으로 모셨다"는 말은 괜히 나온 게 아니다.

엄마의
착불택배

엄마가 택배로 김장김치를 보내왔다. 별생각 없이 받으려는데 택배기사님이 입을 열었다.

"8500원입니다."

아니, 딸한테 보내는 택배를 군이 착불로? 집에 현금을 두지 않아서 인터넷뱅킹으로 기사님께 택배비를 송금했다. 택배 부치러 갈 때 깜빡하고 지갑을 놓고 가셨나? '너도 이제 돈을 버니까 택배비 정도는 스스로 부담하거라' 하는 심오한 뜻일까? 엄마는 평소 자식들에게 하나라도 더 챙겨주고 싶어 하셨고, 자식들이 드리는 용돈도 안 받으려던 분이라 더 당황스러웠다. 안부 인사도 드릴 겸 엄마에게 전화를 걸어 이유를 물어봤다.

"김치 잘 받았어요. 근데 왜 착불로 보냈어요? 선불로 보낼 때보다 더 비싸잖아요."

"얼굴 보고 직접 돈을 받아야 하니까 더 신경 써서 빨리 배달해 줄 거 아니냐. 김치가 너무 익어서 도착하거나 제주까지 가면서 터질까 봐 착불로 보냈다."

무심한 듯 툭 던지는 쿨한 대답에 할 말을 잃었다. 그랬구나. 터진 김치 택배를 받고 딸이 곤란할까 봐 그러셨구나. 엉뚱한 발상 같지만, 한편으론 일리 있기도 해서 납득했다.

택배 상자 안에는 김치 말고도 엄마가 직접 농사지어 키운 고추를 빻아 만든 고춧가루며, 마트에서 사면 비싼 참기름과 깨소금 같은 식재료가 함께 들어 있었다. 김치 봉지 흔들리지 말라고 에어캡 대신 꽉꽉 채운 농산물을 보며, 상처 없는 것들로 하나하나 골라 담았을 엄마의 손을 상상했다.

엄마가 보낸 택배는 그 어떤 택배보다 크고 무겁다. 봉지 가득 담느라 가끔 내용물이 터지고 섞여 와도 기분이 나쁘지 않다. 뭐라도 하나 더 보내려고 작은 상자를 탓하며 담았을 것을 생각하니 마음이 찡했다.

애교 많은 성격은 아니어서 평소 엄마에게 살갑게 굴지 못했다. 엄마 입장에서는 나처럼 무정한 딸도 없었을 것이다. 취직할 생각 없이 집에만 틀어박혀 있더니 한 달간 제주 여행을 다녀오겠다며 불쑥 집을 떠난 딸. 제주도에 정착하겠다 선언하고는 몇 년이나 집에도 들르지 않은 딸. 그런 막내딸이 도대체 어떻게 지내는지 궁금하실 터였다. 그런데도 엄마는 서운하다는 말 한마디 없이 묵묵히 나를 믿어줬다.

1인 가구 살림에 김장까지 해 먹기도 번거로워 독립한 후로는 집에서 담근 김치를 먹을 일이 별로 없다. 요즘이야 시판용 김치도 시원한 맛의 서울식 김치부터 젓갈 풍미가 진한 남도식 김치까지 골라서 살 수 있으니, 굳이 고향의 맛을 고집할 필요도 없다. 하지만 엄마 손맛이 담긴 김치 맛을 똑같이 재현할 순 없는 법이다.

고향에 가지 않은 지도 벌써 몇 년이 흘렀지만, 잘 삶은 돼지고기 수육과 함께 엄마 김치를 밥상에 올려놓으니 잠시 고향 집에 와 있는 것만 같다. 음식은 그렇게 공간의 추억까지도 불러오는가 보다.

히끄의 박스 사랑

박스 안에 들어가 혼자만의 시간을 갖는 히끄를 보면 평소 못 만지는 뱃살을 주물러 본다. 싫어도 박스 안에 있는 걸 보면 고양이에게 박스란 뭘까? 따라 들어가 보고 싶다.

#꽉끼는안정감 #불편한데편해보여

아는 만큼
보인다

　　　　　　　서리가 내리기 전, 5월에 심었던 고구마를 수확했다. 집 옆에 딸린 214㎡(약 65평) 남짓한 밭이어서 하루면 끝날 줄 알았다. 그런데 기계가 아닌 손으로 하나하나 캐려니 손가락과 허리가 아팠다. 수확하는 과정에서 고구마가 호미에 찍히거나 몸통이 끊어지면 상품 가치가 떨어지기 때문에 조심하느라 시간이 더 오래 걸렸다.

백화점 식품관이나 대형 마트에 진열된 농산물들은 어떻게 흠집 하나 없이 예쁠까? 공장에서 찍어낸 것처럼 크기와 모양과 색깔이 균일하다. 예전에는 그런 걸 당연하게 생각했다. 직접 농사를 지어 보고 다양한 상태의 농산물을 접해 보니 작물들이 예쁜 모습으로 진열대에 오르기까지 농부가 얼마나 많은 땀을 흘렸을지, 그 숨은 정성이 느껴졌다.

올해는 공식적으로 친환경 인증과 농산물 우수 관리(GAP) 인증을 받았다. 히끄와 함께 먹을 거라 자연스럽게 친환경 농사에 관심이 갔다.

농사 과정은 쉬운 게 하나도 없었다. 밭을 갈아 고구마를 심고 잡초를 뽑으며, 병충해와 싸우고 자연재해를 견디며 수확을 기다린다. 수확해도 끝이 아니다. 아무리 좋은 상품이라도 보관을 잘못하면 썩어버리기 때문이다. 고구마를 그늘에 말려 흙을 털어내고 실온에 보관해야 후숙이 되어 당도가 높아진다. 마님처럼 안방 창문틀에 앉아 지켜보는 히끄의 감독 아래, 마당에서 고구마를 크기별로 나누고 손질했다.

왕년의 '고양이 확대범' 경력이 있으니 고구마 확대도 쉬울 줄 알았건만, 수확량은 예상보다 적었다. 전업 농부가 아닌 걸 감안해도 그만큼 정성을 쏟았는데 기대에 못 미쳐 속상했다. 사람들은 "나중에 할 거 없으면 시골

내려가서 농사나 지어야지"라는 말을 쉽게 하지만, 직접 해 보니 제일 힘든 일이 농사 같다. 직장에 다니면서 받는 월급만큼 농사로 돈을 버는 건 불가능에 가깝다. 만약 그렇게 돈을 번 사람이 있다면 땅값이 올라서 그랬거나, 골병이 들 만큼 무리했거나 둘 중 하나일 것이다. 친환경 농사는 손이 몇 곱절 가는 것에 비해 수확량이 떨어지지만, 토양 살충제를 뿌리지 않은 건강한 땅에서 자란 정직한 농산물임은 분명하다.

히끄는 아부지의 고생을 아는지, 보낼 곳에 다 보내고 우리가 겨우내 먹을 고구마를 보관해 놓은 컨테이너 위에서 뒹굴거나 고구마 지킴이를 자처했다. 거기가 포근하고 캣타워 같아서 그런 건 절대 아니겠지? 고구마를 갖고 노느라 발바닥에 흙이 묻었지만 괜찮다. 잔류농약 검사까지 통과한 무농약 인증 고구마니까.

고구마 농사를 지어 보니 내가 먹는 먹거리뿐만 아니라, 히끄가 먹는 간식이나 사료에 들어가는 원재료에 대해 한 번 더 점검하게 됐다. 뭐든 아는 만큼 보이는 법이다. 이제는 조금 더 비싸도 친환경 인증 마크가 있는 상품을 산다. 손 가는 것에 비하면 비싼 가격이 절대 아니란 걸 알기 때문이다. 농산물뿐만 아니라 달걀도 동물복지와 유기농 달걀인지 확인한다. 자식 입에 좋은 것만 넣어주고 싶은 부모 마음과 집사 마음은 크게 다르지 않다.

히끄,
CF 모델 되다

연말을 맞이할 때마다 '아니 벌써?' 하는 생각이 든다. 나이가 들수록 새로운 경험은 줄고, 반복된 일상을 살기 때문에 시간이 빨리 지나가는 기분이 든다는데 맞는 말이다. 히끄와 내가 건강한 것만으로도 다행이고, 별일 없이 사는 게 제일 어렵고 잘 사는 거란 생각이 들지만, 하루하루 비슷한 일상을 반복하다 보면 어쩐지 발전하지 못하고 제자리에 멈춘 기분이다. 그래서 일상의 즐거움을 찾거나 흔적이 남는 결과물을 만든다. 그렇지 않으면 휴대전화만 보다가 올해가 끝난 듯한 자괴감이 든다.

2017년에는 히끄와의 추억을 담은 책을 출간했고, 2019년엔 고구마 농사를 짓는 등 주업인 민박 외에도 의미 있는 결과물을 만들었다. 책은 히끄를 대신해 내가 쓴 '타서전'이어서 재주는 집사가 부렸는데 인기는 고양이가 챙긴 격이었다. 하지만 2019년 들어 히끄는 주체적으로 삼성전자와 광고 계약을 맺었다. 길고양이 출신도 CF 스타가 될 수 있다는 사실을 몸소 보여준 것이다.

광고 촬영은 히끄를 배려해 익숙한 장소인 집에서 진행됐다. 최대한 촬영장처럼 세팅하느라 집에 여러 가전제품이 들어오고, 촬영에 필요한 소품, 조명과 카메라가 배치됐다. 히끄가 바뀐 환경에 낯설어하지 않도록 모든 스태프가 시간을 넉넉히 두고 촬영했다. 집이 좁아 카메라로 좋은 구도를 잡기가 어려워서 촬영 감독님이 애를 먹었지만, 히끄가 적응할 때까지 스무 명이 넘는 스태프들이 기다려 주었다. 알고 보니, 촬영 감독님도 노묘와 함께 사는 집사라고 해서 소품으로 준비했던 사료를 선물로 드렸다.

예능 프로그램 〈전지적 참견 시점〉처럼 그날 하루 히끄의 매니저가 되어보니 너무 힘들었다. 고양이치고는 수더분한 히끄지만, 혹시나 스트레스를 받을까 싶어 지나치게 신경 쓰다 오히려 내가 스트레스성 소화불량을 얻었다.

히끄가 나오는 장면의 촬영이 끝나고 제품을 촬영할 때면 히끄는 촬영장과 분리된 작은방에서 화장실을 가고, 낮잠을 자면서 다음 촬영을 기다렸다. 모델들이 대기실에서 메이크업을 고치듯이 그루밍을 하며 다음 컷을 준비하는 프로의 모습이 히끄에게서도 보였다. 매일 흰색 트레이닝복을 입고 집에서 빈둥거리는 한량인 줄 알았는데, 이날만은 흰 수트를 입은 광고 모델이었다. 히끄가 이날 열심히 일해서 번 광고료의 일부는 동물권을 위해 기부했다. 이 인연으로 삼성전자에서 해마다 가전제품을 바꿔주고 있다. 2022년 상반기에는 남양주의 전문 촬영장에서 또 다른 광고를 찍기도 했다.

동물을 위한 캠페인에는 여러 가지 접근 방식이 있다. 길고양이나 유기동물을 예로 든다면 길 위의 슬픈 현실을 보여주며 변화를 촉구할 수도 있을 것이고, 입양을 통해 행복해진 사례를 보여주는 방법도 있을 것이다. 히끄가 등장하는 광고를 본 사람들이 "저 고양이가 원래 길고양이였다. 우리도 펫숍에서 사지 말고 보호소에서 입양하자"고 이야기할 계기를 만들고 싶었다. 펫숍을 이용하는 대신 가족을 찾는 동물을 입양하게 되면 펫숍의 수요가 줄어들 테니 공급도 없어지고, 유기동물과 보호소에서 안락사당하는 동물도 줄어들 것이다. 길 위의 동물들이 더 행복해질 수 있도록 사람들의 인식이 서서히 바뀔 수 있게 히끄와 함께 목소리를 내는 일에 동참하려 한다.

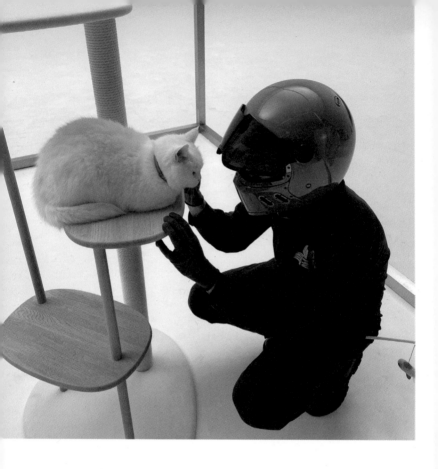

히끄의 CF 촬영장 뒷이야기

카메라 감독님: 히끄님, 캣타워에 편하게 쉬다가 신호 보내면 내려오시면 됩니다.

히끄: (끄덕끄덕) 걱정 마라냥. 나 삼성전자 묘델이다냥. 그런데 내 스타벅스 돌체냥떼 아직 배달 안 왔냥? 촬영 들어가기 전에 마셔야 얼굴 붓기 빠지는데…. 매니저!!! (나 부름)

#그남자의비즈니스 #재연예인병걸리겠네

촬영 전,

히끄: 형아 안녕? 오늘 잘 부탁해. 삼성전자 광고는 처음이야? 긴장 풀어. 난 두 번째라…. (히쓱) 연습한 대로만 해. 촬영하다가 뭐 어려운 거 있음 나한테 말하고~

촬영 후,

히끄: 형아 오늘 즐거웠어. 아까 그 장면 연기 좋더라.

에어맨: 옷에 묻은 털 간직할게.

히끄: 아까 돌돌이로 떼는 거 다 봤다냥.

#여기보세요(딴짓) #비즈니스관계

아부지의
출장 선물이 서운해

쉬는 날이 따로 정해지지 않은 자영업자라서 일부러 시간을 내어 한 달에 한두 번 육지에 다녀온다. 마침 고양이 전문 박람회인 궁디팡팡 캣페스타(이하 '궁팡') 기간이라고 해서 가 보기로 했다. 궁팡에선 다양한 고양이 사료, 간식, 용품 등을 판매한다. 예전부터 반려동물 관련 박람회가 궁금해서 가 보고 싶었다. 하지만 육지에 가는 기간과 박람회 기간이 겹치지 않았고, 일부러 시간을 맞춰 가기는 어려워 아쉬웠던 터라 기대가 컸다.

궁팡에 간다는 이야기를 전화 통화로 엿들은 히끄는 들썩이는 광대를 진정시키며 표정 관리를 하는 듯했다. 아부지가 최소한의 물건만 두고 살아가는 미니멀 라이프를 지향하는 걸 히끄도 잘 알지만, 설마 최대 규모의 고양이 박람회에서 빈손으로 나오리라곤 생각하지 않을 테니까. 아부지가 육지에 가면 심심하지만, 이번에는 히끄도 한껏 기대감에 들떠 덜 외로울 것 같았다.

차가 막힐까 봐 개장 시간에 맞춰서 갔더니 추운 날씨였는데도 많은 사람이 줄을 서서 기다리고 있었다. 대부분 젊은 사람들이었지만 자식의 성화에 끌려온 부모님들도 보여서 훈훈한 반려 문화를 느꼈다. 진행요원들의 원활한 안내 덕분에 박람회장은 예상보다 혼잡하지 않았다. 친구는 자신이 팔로잉하는 연예인도 다녀갔다고 알려줬다. 뮤지컬 준비로 한창 바쁠 텐데, 그 역시 연예인이기 전에 집사였다.

나는 가족이 히끄 혼자뿐이라 괜찮지만, 고양이마다 입맛이 제각각인 다묘 가정은 사료며 간식을 종류별로 쟁여놔야 해서 큰 여행 가방을 끌고 다니는 집사들이 많이 보였다. 개와 함께 사는 동네 친구는 그 모습을 보고 신기해했다. 개는 식품 건조기 하나로도 집에서 만들어 줄 수 있는 간식이 많지만, 까다로운 입맛을 가진 고양이에게 서툰 솜씨로 간식을 만들어줬다간 "이런 똥을 나한테 먹으란 말이냥?" 하고 앞발로 덮을 게 분명하다. 그래서 집사는 고양이 용품 박람회에서 지갑을 열 수밖에 없는 것이다.

관심이 가는 고양이 사료와 장난감이 있었지만 히끄는 외동이어서 사료와 간식 소비가 적고, 장난감도 좋아하는 게 따로 있어서 사지 않았다. 대신 장내 미생물 분석을 통해 장 건강을 모니터링할 수 있다는 채변 샘플링 키트와 고양이 칫솔을 구매했다.

집에 오자마자 히끄가 화장실에 들어가 줘서 손쉽게 변을 채취할 수 있었다. 여행 가방을 한참 킁킁거리며 탐색하던 히끄는 칫솔을 발견하더니, 출장 다녀온 아버지가 《수학의 정석》을 사 온 것마냥 배신감을 느끼는 표정을 지었다.

양치를 잘해야 맛있는 간식을 오독오독 씹고 고봉밥을 맛있게 먹을 수 있는데, 히끄는 아직 젊어서 그런지 건강이 최고인 줄 모른다. 그래도 히끄가 아무거나 잘 먹고 수더분한 고양이라서 거저 키우는 거나 다름없다. 엄마는 나에게 "무엇이든 잘 먹고 혼자서도 잘 놀고 울지 않아서 거저 키웠다"고 했는데, 히끄도 날 닮았나 보다. 원래 부모는 좋은 건 다 자기 닮았다고 우기는 법이다.

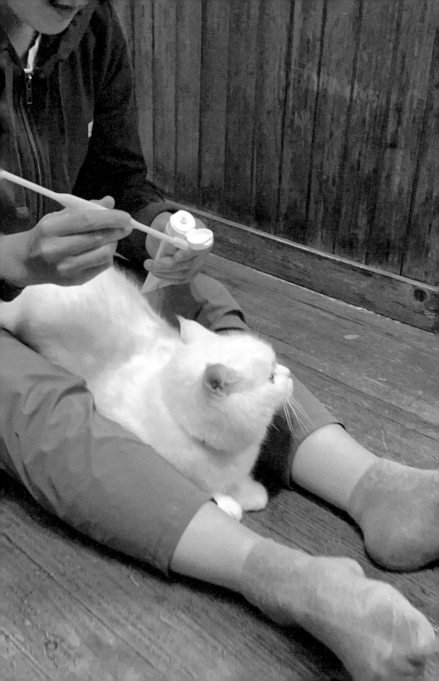

제2의 자아,
히꼬

올해 설 명절에는 제주에서 만난 친구들과 명절 음식을 만들어 나눠 먹고, 히꼬의 생일을 축하했다. 그러고 나니 어느덧 2월이다. 봄을 알리는 입춘이 와서인지 매서운 바람 대신 따뜻한 햇볕이 집 안으로 들어온다. 히꼬와 함께 사는 집은 습한 기운이 있는 제주의 시골집이지만, 볕이 잘 드는 남향이어서 고양이가 종종 걸린다는 곰팡이성 피부병 없이 잘 지내왔다.

히꼬는 아침에 일어나면 나를 조종해 안방 문을 열게 한다. 고양이답게 햇볕을 좋아해서 쪼르르 거실로 나가 따뜻한 바닥에 좌로 굴러 우로 굴러가며 햇볕 샤워를 한다. 그러다 마찰 때문에 정전기가 일어나면 깜짝 놀라서 '우다다'를 한다. 자주 목격되는 모습인데 여러 번 같은 반응을 하는 히꼬를 보면 '그래, 똑똑하지 않아도 행복하면 됐지' 하고 생각한다.

아이를 키우는 부모라면 한 번쯤은 '우리 애가 천재 아니야?' 하고 느낀다고 한다. 그러다가 아이가 자라면 남들과 다르지 않은 평범한 아이란 걸 깨닫게 된다. 나도 히꼬와 함께 살면서 다른 고양이에 비해 히꼬가 똑똑하다고 생각했다. 심심하면 인형이 있는 수납함을 앞발로 뒤적거려서 꺼내고, 배고프면 간식을 달라고 냉장고 옆에 앉아 있다. 이것 외에도 학습력이 좋아서 '앉아' '손' '안녕하세요'를 할 수 있다. 단, 눈앞에 간식이 있어야 한다. '기브 앤 테이크'가 확실한 고양이다.

기억력은 또 얼마나 좋은지 100번을 잘해 줘도 한 번 잘못한 건 오랫동안 기억한다. 칫솔과 손톱깎이를 둔 서랍을 열면 잽싸게 침대 밑으로 도망간다. 제아무리 말 잘 듣는다고 소문난 '엄친묘'라 해도 싫어할 자유는 있기에 히끄의 의사를 존중하며 양육했다. 원래 영재를 양육하기가 더 힘들다지 않나!

하지만 내 자식이 평범하다고 인정할 수밖에 없는 순간은 오게 마련이다. 히끄는 자기 발가락을 입에 넣는 아기처럼 제 꼬리를 자기 것인지 모르고 행동하곤 한다. 꼬리를 째려보면서 솜방망이를 휘두르다가, 갑자기 사이 좋은 친구에게 하듯 정성스럽게 그루밍해 준다. 잠잘 때 꼬리가 방해하면 앞발로 살포시 눌러 재워주는 의젓한 모습도 보인다. 히끄의 동생 '히꼬' 또는 제2의 자아가 분명하다.

히끄가 꼬리를 대하는 모습을 보고 있으면 하얀 털 색깔만큼이나 백치미를 느낄 수 있다. 꼬리가 자기 몸의 일부인 줄 모르는 이유는 무엇일까? 히끄의 꼬리가 유독 활발해서 그런 것 같다.

고양이를 처음 키워봐서 다른 고양이도 히끄처럼 꼬리를 많이 흔드는 줄 알았다. 그런데 히끄의 꼬리를 목격하는 집사마다 "우리 집 고양이는 안 그런데, 꼬리를 쉴 새 없이 흔드네"라고 했다. 그러고 보니, 잠잘 때도 꼬리를 흔들고 있어서 의아했다. 마치 별개의 자아를 지닌 듯한 꼬리의 비밀은 뭘까. 예능 프로그램 〈신비한 TV 서프라이즈〉 톤으로 이야기를 끝맺자면 '동생을 바라는 히끄의 간절한 소망이 낳은 현상'이 아니었을까?

거울 왕자 히끄

히끄 : 거울아, 거울아, 고양이 중에 누구 머리가 제일 크니?

거울 : 오조리에 사는 히끄 왕자님입니다.

(쨍그랑)

#백설왕자히끄 #진실을말한거울의최후

서울로
원정 치료를 떠나다

겨울이 오자 히끄가 노란 콧물을 흘리기 시작했다. 제주 시내 동물병원에서 해 본 혈액 검사 결과는 정상이었다. 수의사 선생님도 식욕이나 컨디션에 이상이 없으니 지켜보자 하셨다. 길고양이 시절부터 콧물 흘리는 모습을 자주 봐서 나도 심각하게 생각하지 않았다.

그런데 겨우내 킁킁거리다 하루에도 서너 번씩 콧물을 흘리는 게 아닌가. 난방 때문에 집이 건조해서 그런가 싶어 가습기를 틀며 습도계 확인까지 했지만, 증상은 나아지지 않았다. 아무래도 정밀검사가 필요해 보였다.

제주에는 콧속 공간인 비강을 볼 수 있는 비강경을 보유한 동물병원이 없다. CT 촬영 기계도 제주대학교 동물병원에 딱 한 대뿐이라 히끄와 함께 서울행을 택했다. 제주는 육지보다 동물의료 수준이 열악한 편이다. 히끄가 아프면 언제든지 둘러업고 비행기를 탈 생각이었기에 '원정 치료'에 대한 부담은 없었다. 언젠가 올 일이 왔을 뿐이라고 생각했다.

서울에 가기 전, 정확한 진단을 위해 수의사에게 보여줄 코 푸는 영상을 찍어야 했다. 히끄가 코를 풀고 콧물을 먹어버리는 등 증거 인멸을 하고, 코를 못 먹게 하면 도주할 위험이 있어 긴장을 놓을 수 없었다. 경찰차 안에서 짜장면을 먹으며 범인을 감시하는 형사처럼, 히끄가 언제 코를 풀지 몰라 계속 휴대전화를 들고 대기했다. 결국 다년간 인스타그램 업로드용 사진을 찍은 가락을 살려서 코 푸는 순간을 촬영하는 데 성공했다.

전에는 항상 육지 집에서 머물렀지만, 이번엔 일정이 짧았고, 동선을 최소화하기 위해 동물병원과 가까운 호텔을 예약했다. 히끄는 다른 고양이에 비해 낯선 공간에 대한 적응력이 높은 편이지만, 집과 같은 안락함을 주고 싶어서 밥그릇과 화장실, 매일 가지고 노는 장난감까지 챙겨갔다. 서울 가는 당일엔 히끄에게만 집중하려고 미리 호텔에 양해를 구해 짐을 택배로 보내놓았다. 히끄도 이런 아부지의 노력을 알았는지 호텔에 적응을 빨리 해서 오히려 내가 히끄의 호캉스를 방해하는 기분이었다.

서울에도 비강경과 CT 촬영 기계를 함께 갖춘 동물병원은 손에 꼽을 정도였다. 마취하고 촬영을 하려면 검사가 필요했고, 모든 걸 하기에는 일정이 짧았다. 콧물을 채취해 검사하는 상부호흡기 PCR(유전자증폭검사) 결과 모든 바이러스에 대해 음성으로 나왔다. 고민 끝에 내과적인 처치를 먼저 하고, 증상이 완화되지 않으면 다시 검사하기로 했다. 부비동염 처방약과 집에서 호흡기 치료를 할 수 있는 네블라이저(호흡기 질환에 사용하는 의료기기) 용액을 받아 제주 집으로 무사히 돌아왔다.

항상 히끄를 혼자 두고 외출하면 마음이 쓰여서 집에 돌아오는 발걸음이 빨라졌는데, 이번엔 히끄와 함께하는 여정이어도 어서 제주에 돌아가고 싶다는 생각이 들었다. 한번 서울을 다녀오면 조용한 시골 마을 오조리가 얼마나 좋은지 새삼 깨닫는다.

오조리 '청소 요정'의
비법

코로나19 확산으로 우리나라뿐만 아니라 전 세계가 힘든 시간을 보내고 있다. 감염을 예방하기 위해 할 수 있는 일은 개인위생을 철저하게 지키는 것밖에 없다. 히끄와 함께 산 뒤로 손 씻는 게 습관이 돼서 특별히 달라질 건 없지만, 수술실에 들어가는 의료진처럼 더욱 꼼꼼하게 손을 씻고, 휴대전화도 수시로 살균 티슈로 닦는다. 아무리 바빠도 히끄의 영양제를 매일 챙겨주는데, 단순한 감기라도 걸리면 예민한 시기여서 나 또한 면역력을 높이기 위해 영양제를 챙겨 먹는다.

집 안팎으로 방역 소독도 한다. 원래도 청소를 즐겨 해서 '오조리 청소 요정'이란 별명을 얻었는데, 그런 내가 애용하는 물건이 바로 락스다. 락스 원액에 대한 유해 논란이 있지만, 주성분이 차아염소산나트륨인 락스는 물에 희석해 올바르게 사용한다면 안전하다.

히끄는 가끔 화장실에 갔다가 침대로 바로 올라오는 바람에 패드에 소변 자국을 남기곤 한다. 그럴 때마다 매번 세탁할 수 없어서 희석한 락스 물을 수건에 적셔 닦으면 얼룩이 지워진다. 현관문 앞 타일 바닥도 히끄가 자주 누워 있는 곳이라 수시로 닦고, 마당에 밥 먹으러 오는 길고양이 급식소도 주기적으로 소독한다.

히끄 화장실 모래 갈이를 할 때도 마무리는 락스로 하고 물로 헹군다. 그래서 항상 대용량 락스를 구비해 둔다. 락스를 희석해 사용하기 불편하다면 아이나 반려동물 전용으로 나온 살균제를 추천한다. 나도 그렇게 용도에 따라 나눠 사용하고 있다. 특히 고양이는 어디든지 올라가고 들어갈 수 있어서 청소해야 할 범위가 넓다.

히끄는 아부지가 고봉밥을 주지 않으니 그렇게 생각하지 않을 수도 있지만, 스스로 부모 점수를 매기자면 좋은 반려인이라고 생각한다. 고양이가 살기 쾌적한 환경을 꾸준히 제공하고 있기 때문이다. 외출해서 집에 없는 날이 아닌 이상 화장실은 히끄가 볼일을 보는 즉시 치워주고 창문을 열어 환기한다. 히끄를 위한 일이라고 생각하면 하나도 번거롭지 않다.

"그렇게까지 수시로 치워줄 필요가 있을까?" 하고 묻는다면 사람도 공중화장실에 갔을 때 변기가 더럽거나 이물질로 막혀 있으면 불쾌한데, 반려동물도 똑같이 깨끗한 화장실을 사용하고 싶을 거라고 말해주고 싶다.

히끄와 함께 살기 전에 반려동물이 있는 집에 갔을 때, 화장실에서 고양이 오줌 냄새가 심하게 났다. 그래서 반려동물을 키우면 당연히 집에서 냄새가 나는 줄 알았다. 하지만 냄새가 나는 이유는 반려동물이 더러워서가 아니라, 자주 환기하지 않고 화장실을 바로 치워주지 않기 때문이다. 털이 바닥에 굴러다니는 것도 마찬가지다. 동물의 털이 남달리 빠져서가 아니라 청소를 하지 않아서다. 어떤 혁신적인 반려동물용품이 나오더라도 청소를 자주 하는 것만큼 근본적인 문제를 완벽하게 해결하는 데 효과적인 건 없다. 부지런함만이 내 고양이와 나의 건강을 지킬 수 있다.

둘째는
신중하게

오조리에 유기묘로 보이는 흰 고양이가 나타났다. 최초 발견자이자 동네 친구인 한카피 님은 하늘색 예쁜 눈을 가진 고양이라는 뜻으로 '하끄'라고 불렀다. 하끄는 길고양이 시절의 히끄처럼 며칠 낯을 가리다가 한카피 님 집이 안전하다고 느꼈는지 처음 보는 사람에게 부비부비를 하고 거침없이 집 안까지 마음대로 들어와 눕는 친화력을 뽐냈다.

히끄와 함께 살다 보니 흰 고양이를 보면 자연히 마음이 쓰인다. 흰 고양이가 길고양이라면 버려졌을 확률이 매우 높다. 흰 고양이는 털 색 때문에 멀리서도 눈에 잘 띄고, 하얀 털은 금방 더러워지기 때문에 다른 색 고양이에 비해 행색이 유난히 남루하게 보여 짠했다. 얼마 전 "온전히 히끄에게만 집중하겠다"며 주변에 외동 고양이 선언을 한 후라, 히끄를 닮은 하끄가 마음이 쓰였지만 멀리서 지켜보기만 했다.

다행히 하끄는 한카피 님이 임시 보호를 하는 동안 훌륭한 입양자를 만나 육지로 입양 갔다. '하늘색 눈을 가진 꿀 고양이'라는 뜻에서 '하꿀'이라는 이름으로 개명도 했다.

언젠가 인연이 닿는다면 히끄 동생도 입양할 계획이 있었지만, 히끄가 있는 동안 다른 고양이를 들이는 건 포기했다. 한때 히끄 동생을 데려올까 고민할 때, 다묘 가정인 민박 손님들에게 물어보면 대부분 사이가 좋지 않다며 토로했다. 시간을 되돌린다면 둘째는 들이지 않았을 것 같다는 것이었다. 합사를 생각할 때 떠올리는 풍경-이를테면 서로 그루밍해 주고, 잠잘 때 끌어안고 자는 사이좋은 모습은 극히 드물었다. 사실 고양이 입장에서 합사는 얼굴 한 번 본 적 없는 친구와 평생 하우스 메이트로 살라고 통보하는 거나 마찬가지여서 쉽지 않다. 서로 성격이 잘 맞으면 다행이지만, 성향이 다른 고양이라면 불편한 동거가 계속될 수밖에 없다.

히끄가 고양이 친구인 썬더네 집에 놀러 가서도 자기 집인 양 썬더와 잘 지내는 모습을 보면서 합사가 어렵지 않을 거라 생각했다. 썬더는 갑작스러운 흰둥이 녀석의 등장에 캣타워를 뺏겨 당황한 눈치였지만, 어쨌든 히끄는 다른 고양이를 만나면 잘 놀아서 동생이 생겨도 잘해줄 거라 믿어 의심치 않는다.

그런데도 다른 고양이를 못 들이는 가장 큰 이유는 책임감이 뭔지 알아버려서 용기가 나지 않기 때문이다. 히끄는 분명 내게 가장 소중한 존재이지만, 한 생명이 행복할 수 있도록 돈과 시간을 부족함 없이 줄 수 있으려면 부단한 노력이 필요했다. 히끄와 함께 살기 전에 막연히 예상했던 것과 함께 살며 경험으로 느낀 책임감의 무게는 너무나 달랐다. 다른 고양이를 맞이하고 싶은 욕구가 찾아온다면 동물병원 결제 영수증을 주기적으로 보는 걸 추천한다.

첫째가 혼자 지내는 게 심심해 보여 둘째를 들인다면 심심한 두 마리의 반려동물이 생길 수도 있다. 히끄는 외동이지만 많은 시간을 나와 함께 보내고, 사냥놀이도 매일 해 주기 때문에 외로울 겨를이 없다. 분명한 건, 첫째가 외로울까 봐 둘째를 들이는 건 현명한 선택이 아니란 사실이다. 사랑은 어쩔 수 없이 나눠지기 마련이니, 두 번째 입양도 신중하게 결정해야 한다.

오조리
길고양이 식당의 근황

우리 집에는 담벼락으로 둘러싸인 마당이 있다. 그 담을 매일 넘어 다니는 길고양이들에게 사료를 챙겨주기 시작한 지도 7년이 넘어간다. 고양이에 대해 알지 못하는 '고알못'이었던 시절, 길에서 히끄를 처음 발견했을 때 고양이에 대한 정보를 알려주고 약을 챙겨주던 캣맘의 도움을 많이 받았다. 그때 히끄를 통해 길고양이에게 사료 한 그릇이 얼마나 소중한지 알게 되면서 오조리 길고양이 식당을 꾸준히 운영하고 있다.

오조리 길고양이들의 성비는 수컷이 대부분이고, 길고양이의 평균 수명이 집고양이 평균 수명인 10~15년에 못 미치는 3~5년이라 개체 수가 늘지 않았다. 슬프지만 우리 집만 해도 5년 전 왔던 길고양이들의 행방을 알 수가 없다. 그런데 작년 말부터 삼색 고양이가 새롭게 보이더니, 암컷 고양이들이 급식소에 오기 시작해서 길고양이 TNR을 준비했다.

TNR은 포획(Trap), 중성화 수술(Neuter), 제자리 방사(Return)의 첫 글자를 딴 말로, 길고양이 개체 수 조절을 위해 시행하는 중성화 사업을 말한다. 제주도는 지자체 예산이 있어서 무료로 진행해 주지만, 작년에는 예산이 모두 소진돼서 거부당했다. 더운 날씨 탓에 중성화 수술 개복 부위가 덧날까 봐 여름은 피하려 했지만, 암컷은 1년에 두세 차례 임신 가능성이 있고 연말에는 또 예산이 다 떨어질 수도 있어 서둘러야 했다. 우리 집으로 매일 사료를 먹으러 오는 아이들이기에 관찰도 가능해서 충분히 보호할 수 있다는 판단이 섰다.

암컷은 수컷에 비해 절개 부위가 넓고, 수유 중인 고양이가 있어서 비교적 회복이 빠른 수컷부터 먼저 보내기로 했다. 읍사무소에서 포획 틀을 무료 대여할 수 있지만, 수량이 한 개뿐이라 필요할 때 사용하기 편하게 사비로 두 개를 구매했다.

포획 틀은 고양이가 발판을 밟으면 자동으로 출입문이 닫힌다. 구조가 튼튼하지만 당황한 고양이가 몸부림치다가 탈출하거나 사고가 날 수 있어서 흔들리는 부분을 케이블타이로 단단하게 고정하고 보수했다. 마당 한가운데 급식소를 직접 운영하고 있어서 포획이 어렵지는 않았다.

중성화 수술 후 방사까지는 2~3일이 걸렸다. 다행히 고양이들은 방사 후에 건강하게 돌아와 사료를 먹었다. 상처가 덧나지 않고 빨리 회복할 수 있게 동물병원에서 항생제를 처방받아 간식에 섞어 먹였다.

TNR의 목적은 길고양이 개체 수 증가를 방지해 안정적으로 관리하고, 사람과 길고양이가 공존하는 환경을 조성하는 것이다. 무분별한 임신과 출산으로 인한 건강 악화를 예방할 수 있다는 점에서 동물권과 맞닿아 있다. 중성화 수술 후 방사하면 끝이 아니다. 중성화 후에도 잘 적응할 수 있도록 지속적인 관찰과 사후 관리가 필요하다. TNR 과정에서 캣맘의 역할이 중요한 이유도 여기에 있다.

오조리 길고양이 식당은 길고양이에게 사료 주는 걸 이해해 주는 좋은 이웃들이 있기에 가능했다. 민박 손님들은 사료와 간식을 주기적으로 보내준다. 병원에 갈 일이 생기면 약과 돈을 보내주는 고마운 분들도 있다. 무엇보다 자기 영역인 마당에 다른 고양이가 와도 호의적인 히끄 덕분에 급식소 운영에 어려움이 없었다. 오조리 길고양이들이 지금처럼 건강한 모습으로 오랫동안 찾아오기를 희망한다.

행동하지 않으면
희망도 없다

2020년은 지독한 장마의 해로 기억
될 것 같다. 올해 여름은 장마와 함께 시작해 장마로 끝난 거나 다름없다.
'끝날 때까지 끝난 게 아니다'라는 말이 떠오를 만큼 비 소식은 지리멸렬
이어졌다. 히끄 털은 여름에도 늘 뽀송뽀송했는데, 올해는 한 달이 넘는
장마 탓에 히끄의 털옷마저 눅눅하게 느껴질 정도였다.

제주로 이주하기 전에는 아파트에 살아서 비가 많이 와도 불편함을 잘 몰
랐다. 제주살이를 시작하고 나서 해마다 태풍을 여러 번 경험했다. 더구나
아파트가 아닌 단독주택에 살기 때문에 태풍이 오기 전후에는 시설물 관
리에 신경을 써야 했다. 공동주택에 살았다면 관리사무소에서 알아서 다
해 주겠지만, 시골 주택에 혼자 사니 뭐든 스스로 대비해야 한다.

제주에 살면서 비가 가로로 내릴 수 있다는 것도 알게 됐다. 바람이 심하
게 불면 그렇게 된다. 얼마 전 예보에 비 온다는 말이 없어서 창문을 활짝
열고 외출했는데 폭우가 내렸다. 걱정되어 CCTV로 히끄가 잘 있는지 확
인해 보았더니 비가 들이쳐도 개의치 않고 침대 옆에서 낮잠을 자고 있었
다. "히끄야, 일어나서 창문 좀 닫아!" 하고 외치고 싶을 정도로 애가 탔다.
집에 돌아와 보니 침대 이불과 매트가 몽땅 젖어 있었다. 금방 그칠 줄 알
았는데 바람까지 부는 통에 비가 엄청나게 들이쳤던 모양이다. 할 수 없이
새벽까지 선풍기와 제습기로 매트를 말리고 이불 빨래를 해야 했다.

예사롭지 않았던 이번 장마는 세계를 덮친 기후 위기에서 비롯된 것으로
보인다. 사계절이 뚜렷했던 우리나라도 아열대 기후로 변해가고 있다는
말이 들려온다. 자연의 변화에 민감한 제주에 살다 보니 자연재해가 얼마

나 무서운지 더욱 생생하게 느낀다.

주변 생명과 환경에 도움이 되고 싶어서 나름의 기준을 정하고 실천하려 노력한다. 마음은 있지만, 때론 모순된 행동도 한다. 반려동물과 함께 살지만, 여전히 고기를 먹고, 환경에 조금이나마 도움이 되고 싶어서 전기 오토바이를 타지만, 육지에 갈 때는 비행기를 타면서 탄소를 내뿜는다. 물건을 사면 오래 사용해서 온실가스를 줄이고 싶지만, 한편으론 여름이면 시원하게 지내고 싶어 에어컨을 종일 틀어놓는다.

이런 모순으로 가득한 삶을 환경보호를 위한 거라고 할 수 있을지 혼란스러울 때가 많다. 하지만 실천할 수 있는 만큼만이라도 꾸준히 행동한다면 그 노력이 쌓여 기후 위기의 속도를 늦출 수 있을 거라 믿는다. 나 하나 실천해서 얼마나 달라질까 생각하며 아무렇게나 산다면 결국 아무것도 나아지지 않는다. 보잘것없어 보이는 그 노력이 차곡차곡 쌓여 작은 변화를 만들 것이기 때문이다. 행동하지 않으면 희망도 없다.

함께 살면
닮아간다

히끄는 브리티시 쇼트 헤어(British Shorthair) 종이다. 종 특성상 머리가 크고 다리는 짧으니 살이 찌면 관절에 무리가 갈 수 있어서 관절 보조제를 챙겨 먹이고 체중 관리를 해 준다. 집사의 집요한 관리 덕분에 5.3kg이라는 적정 체중을 유지하는 중이다.

히끄의 체중을 알려주면 그것밖에 안 되느냐며 대부분 놀란다. 얼굴이 클 뿐 몸은 아담하다는 사실을 일깨워주면 그제야 수긍한다. 다이어트의 중요성을 이야기할 때마다 히끄가 "아부지도 만만치 않다냥. 왜 나만 다이어트해야 하냥? 비만도 유전될 수 있는 거다냥!" 하고 눈으로 욕하는 것 같지만, 따가운 눈길을 모른 척하며 고봉밥 윗부분을 슬쩍 깎아 히끄 밥그릇에 담는다.

사랑하면 닮는다는 말처럼, 반려인과 반려동물도 닮아 보일 때가 있다. 닮아서 끌리는 건지, 살다 보니깐 닮는 건지 모르겠지만 나는 히끄의 큰 얼굴에 반했다. 히끄가 얼굴이 작고 마른 고양이였다면 우리의 이야기는 시작되지 않았을지도 모르겠다.

내가 한창 살쪘을 때는 무표정하게 있으면 히끄와 닮았다는 말을 자주 들었다. 피가 섞이지 않았어도 키운 정이 낳은 정 못지않다는 걸 알기에 그 말이 듣기 좋았다. 내 눈에는 히끄가 차은우를 닮은 것처럼 보이는데, 강호동을 닮았다는 댓글은 부정할 수 없었다.

'그럼 나도 강호동을 닮았나?' 하고 거울을 보니, 정말로 기억 속 모습보다 더 살찐 내가 있었다. 평소 움직일 일이 적고 편한 옷만 입다 보니 살이 많이 쪘고, 어느 순간부터 몸 관리를 포기했기 때문이다. 사진을 찍을 때는 조금이라도 날씬하게 보이려고 검은색 옷을 입거나 측면사진을 고수했고, 풀샷보다 상반신만 찍어달라 요청했다.

돌이켜보면 살찌는 데는 다 이유가 있었다. 앉아서 원고를 쓸 때면 입이 심심해서 뭐 먹을 게 있나 하면서 하이에나처럼 주방을 서성였다. 글을 쓰려고 먹는 건지, 먹으려고 글을 쓰는지 알 수 없었다. 늘 간식을 달고 사니 살을 빼도 금방 요요가 왔다.

습관적으로 먹고 다시 후회하는 생활이 반복되는 게 싫어서 오랜만에 마음 잡고 다이어트를 시작했다. 머리가 커도 살이 쪄도 귀여운 히끄를 내심 부러워하며 허기진 배를 부여잡고 잠든 지 4개월, 10kg을 감량했다. 간식이 먹고 싶어질 때면 "난 살쪄도 귀엽지만, 넌 아니란다"라는 자막이 들어간 '고양이 짤'을 보면서 마음을 다잡았다.

아직 목표 체중까지 도달하진 못했지만, 몸을 압박하던 옷에 여유가 생겨 편해졌다. 다이어트를 하면서 버릇처럼 커피를 마시는 생활 습관도 바꿨다. 자주 쓰는 머그에는 커피 대신 물을 담아 가까운 곳에 두고 생각날 때마다 마신다. 새로 떠 온 물 냄새는 귀신같이 알아채는 게 고양이인지라, 덕분에 히끄도 아침에 일어나면 내 물을 뺏어 먹는 일로 하루를 시작한다. 아부지는 건강해져서 좋고, 히끄는 음수량이 늘어 좋다.

뒤태 미남

무언가를 집중해서 보는 앞모습도 귀엽지만, 백허그와 정수리 뽀뽀를
100번 하고 싶은 뒷모습도 매력적이다.

#조랭이떡사세요 #히추리알도있어요

당근 농사를
지으며

원래 히끄는 사계절 내내 나와 함께 침대에서 잤는데, 언젠가부터 책상 위에서 혼자 자기 시작했다. '침대를 혼자 쓰니 편하네. 잘 때 히끄가 옆에 있으면 불편하기만 하지 뭐. 우린 독립적인 관계야' 하고 괜찮은 척했지만, 내심 서운했다. 내 눈에는 아직 아이 같기만 한데, 다 컸다며 독립하겠다는 자식을 보는 마음이 이럴까? 히끄와 함께 살면서 부모님 마음을 어렴풋이 알게 되었다.

침대 밖으로 한 발자국 떼지 않고도 하루를 재미있게 보낼 수 있어서 평소 '이불 밖은 위험해'를 외쳐 왔다. 고양이가 오면서 그 마음은 더욱 굳건해져서 웬만하면 집 밖에 나가고 싶지 않다. 히끄 아침밥과 화장실 청소만 아니면 계속 침대 붙박이로 살았을지도 모른다. 특히 요즘처럼 아침저녁으로 쌀쌀한 날씨에는 전기장판의 온기가 남은 이불 속에 더 있고 싶다. 하지만, 마당에 떨어진 낙엽도 쓸어야 하고 당근밭도 돌아봐야 하니 어쩔 수 없이 일어난다.

올해는 텃밭에 당근을 심었다. 텃밭은 여러 번 가꾼 경험이 있어도 당근 농사는 처음이었다. 키우기 어려운 작물 중 하나여서 걱정했지만, 운 좋게 태풍을 잘 견디고 쑥쑥 자라주었다.

당근은 씨앗을 파종하기 때문에 한 뼘 정도 자라면 일정한 간격으로 뽑아내야 한다. 이를 '솎아내기'라고 하는데, 한 번에 끝나는 게 아니라 자라는 시기에 맞춰 서너 번 수시로 해야 한다. 제때 솎아내지 않으면 당근이 땅속에서 꽈배기처럼 서로 엉켜 제대로 자라지 않는다. 마트에서 보는 길고 곧은 모양의 당근은 그냥 자라난 게 아니다. 농부가 몇 번이나 솎아내기를 한 수고로움 끝에 만들어진 것이다.

솎아낼 때는 과감하게 넓은 간격을 두고 뽑아내야만 한다. 아깝다고 생각해서 뽑는 간격을 좁게 하면 옆 당근 때문에 크게 못 자란다. 뽑기만 하면될 것 같아도 그리 간단하지 않다. 가느다란 당근 잎이 실타래처럼 엉켜풀어야 하고, 어떤 걸 솎아낼지 고민하다가 시간이 걸렸다. 작업하면서 잎을 손으로 자꾸 만지면 시들시들해지지만, 이튿날부터는 회복되어 건강한 당근의 밑거름이 된다.

당근 솎아내기는 인생과 비슷하다. 독립해서 나만의 1인 1묘 가정을 꾸리는데도 당근밭을 돌보는 것만큼 노력이 필요했다. '내 고양이와 행복하게살기'라는 목표를 이루기 위해 인생에서 덜 중요한 것을 포기해야 했으니까. 오랜 세월이 흘러 돌이켜보면 때론 젊은 시절 포기한 것들에 미련이남을 수도 있을 것이다. 하지만 가장 중요한 한 가지를 온전히 지킬 수 있었다면 성공한 삶이 아닐까. 그게 내겐 히끄였다.

가만히 두어도 알아서 잘 굴러가는 집은 없다. 고양이 한 마리를 키울 때도 마찬가지다. 나에게 히끄는 손이 가고 마음이 쓰이는 존재다. 하루에여러 번 화장실을 치우고 바닥에 떨어진 털을 청소하며 간식을 챙긴다. 히끄가 아침에 일어나서 저녁에 잠들 때까지 매일 반복하는 일이지만, 이 시간을 함께할 수 있어 감사하다.

내가 잘 때 이불을 발로 차면 바로 다시 덮어주던 부모님처럼, 히끄에게도그런 아부지였으면 싶다. 히끄와 함께 살고부터 1순위 목표는 언제나 좋은반려인이 되는 것이었다. "일터로 나가라, 나에겐 빚이 있다!"라는 표어 대신 "일터로 나가라, 나에겐 고양이가 있다!"는 마음으로, 오늘도 따뜻한 이불을 박차고 출근할 반려인들에게 응원을 보낸다.

매일을
생일처럼

히끄가 고양이가 아닌 어린이였다면 크리스마스 때 산타클로스에게 무슨 소원을 말하고 어떤 선물을 원했을까? 트릿과 스틱이 가득한 간식 상자일 것 같지만, 애석하게도 내가 준비한 연말 선물은 혈액 검사였다. 피를 뽑느라 스틱을 두 개나 얻어먹었으니 소원의 반은 이룬 거나 마찬가지다.

특별히 아파서 간 건 아니었다. 히끄는 1년에 한두 번 혈액검사로 건강검진을 하는데, 피를 뽑는 김에 항체 검사까지 한 것이다. 다행히 항체가 있어서 예방접종은 하지 않았다. 히끄가 예방접종 뒤 알레르기 반응을 보인 뒤부터는 항상 항체 검사를 먼저 하고 있다.

추정 나이이긴 하지만 히끄도 벌써 여덟 살이 되었다. 고양이 평균 나이가 열다섯 살이라면 히끄도 중년인 셈이다. 지금도 히끄와 지내는 시간이 소중하지만, 앞으로도 더욱 소중히 여겨야겠다는 마음을 갖게 된다.

히끄의 나이와 달리 내 나이를 물어보면 몇 살인지 바로 생각나지 않을 때가 많다. 관공서에 가서 서명하기 전에 날짜를 적을 때면 올해가 몇 년도인지 바로 떠오르지 않는 것과 비슷하다. 나이를 말하고 나면 벌써 내가 이렇게나 나이를 먹었구나 싶다. 별다른 노력을 하지 않아도 숨만 쉬면 나이를 먹는 것 같다. 몇 년 뒤 맞이할 40대와 히끄의 노령기를 어떻게 준비해야 할지 요즘 부쩍 생각이 많다.

우리의 하루하루는 분명 행복하지만, 현실적인 고민도 적지 않다. 가끔 우스갯소리로 히끄에게 "아부지가 아직 성공은 못 한 것 같아. 조금만 더 기다려 준다면 성공해서 호강시켜 줄게. 그때까지 건강하게 지냈으면 좋겠어"라고 말하는데, 그럴 때면 히끄는 '그런 거 필요 없다냥. 지금 트릿이나 배부르게 먹게 해 주라냥!' 하고 생각하는 것 같다.

나 혼자였다면 무계획으로 어떻게든 살았을 테지만, 지금은 엄연한 1인 1묘 가족의 가장으로서 히끄에게 든든한 버팀목이 되고 싶다. 히끄의 임보를 시작했던 7년 전, 히끄에게 행복하고 쾌적한 환경을 만들어 줄 수 있다는 마음으로 함께 살게 됐다. 그 어떤 집사보다 더 히끄를 행복하게 해 줄 자신이 있었다. 지금도 여전히 내게 가장 중요한 건 히끄의 행복이다.

히끄는 캣타워에 올라가기 전 면줄에 발톱을 긁는 걸 좋아한다. 연말에 여러 일정이 있어 바쁘다는 핑계로 캣타워에 감아놓은 면줄 교체를 미뤘더니 어느새 너덜너덜해졌다. 그걸 볼 때마다 미안한 마음이 들었다. 바쁜 일이 끝나고 새 면줄을 감아주며 반성했다.

'히끄가 내게 원한 건 거창한 게 아니라 이런 사소한 일일 텐데, 그걸 안 해 주고 있었네.'

다른 일의 성공도 중요하지만, 무엇보다 내 인생에서 가장 중요한 건 히끄와 행복한 일상을 살아가고 유지하는 것인데 말이다. 매년 연말이면 한 해를 반추하며 '내년에는 어떻게 살아야 할까' 생각한다. 새해에는 히끄와 내 앞에 어떤 행복이 기다리고 있을까 기대된다.

어려울 때
나누는 마음

2021년 새해가 밝았다. 중국 우한에서 시작된 코로나19가 우리나라에서 발생한 지 어느덧 1년이 넘어간다. 코로나 팬데믹 시대를 살고 있으니 새해의 설렘보다는 조심스럽고 두려운 마음이 크다. "코로나19 발생 이전의 세상은 다시 오지 않는다"는 질병관리본부의 브리핑을 보면서 '설마 그럴까?' 생각했다. 현 상황을 정확히 파악한 전문가의 의견이란 걸 알지만 믿고 싶지 않은 마음이 더 컸다. 백신과 치료제가 개발되고 접종이 시작된다는 희망이 있지만, 변이바이러스가 곳곳에서 발견되고 있어 하루하루가 새로운 고비 같다.

우리는 한 번도 경험해 본 적 없는 시대를 살고 있다. 민박 손님으로 만났다가 친해진 사람들의 이야기를 들어보면 실감이 난다. 사내 휘트니스센터 매니저로 일하고 있는 분은 반년 넘게 복귀할 기약도 없이 대기 중이었다. 소득이 줄어서 힘든 것보다, 좋아하는 일을 못 하는 상황이 힘들다고 했다. 나 또한 제주도에서 민박을 운영하는 자영업자라 소득이 많이 줄었지만, 모두가 어렵고 힘든 시기이니 어쩔 수 없다.

민박을 운영한 지 7년 차, 오픈하고부터 따로 휴일을 챙겨본 적이 없을 정도로 감사하게도 많은 분이 찾아주었다. 평소 시니컬한 성격이지만, 긍정적인 면도 있어서 바쁠 때 쉬지 못한 시간을 지금 보상받는 '뒤늦은 휴가'라 생각하려 한다.

위기의 순간에 끙끙 앓고 좌절하는 것보다 희망 회로를 돌리는 게 정신건강에 좋다. 코로나로 인한 위기를 떠나, 오래전부터 '언제까지 제주도에서 지낼 수 있을까?' 하는 거주에 대한 불안감과 자영업자의 미래에 대해 자주 생각했다. 글을 쓰거나 외부 활동을 하고, SNS 광고 수익 등 민박 외의 수입을 준비해 놓은 덕분에 조금 여유를 찾긴 했지만, 그 고민은 여전하다.

작년 텃밭에 심었던 당근이 태풍에도 잘 버텨주어서 예상 수확량의 세 배나 넘게 수확했다. 맛은 좋으나 수확하다 호미에 찍히거나 모양이 안 예쁜 파치는 어려운 시기에 맛있는 것 함께 먹고 힘내자며 지인들에게 택배로 보냈다. 이렇게 힘들 때일수록 주변을 돌아보게 된다. 히끄처럼 예쁜 당근은 재작년 심었던 고구마처럼 반려동물 간식 업체와 함께 스틱 간식을 만들어 판매할 계획이다.

나 혼자였다면 분명 버티기 힘들었을 텐데, 히끄가 옆에 있어 주어서 지금까지 오는 게 가능했다. 어려운 시기에 반려동물에게 위안을 받는 건 나뿐만 아니라 다른 사람들도 마찬가지인가 보다. 거리 두기와 재택근무로 집에 있는 시간이 늘어 반려동물용품 매출이 늘고, 외로워서인지 '펜데믹 퍼피(Pandemic puppy)'라는 신조어가 나올 정도로 반려동물과 함께 사는 비율이 급격하게 높아졌다고 한다. 코로나19 확산이 종식되고 마스크가 없는 날이 와도 반려동물을 향한 마음은 변치 않아야 할 텐데, 걱정이 앞선다.

반려동물을 데려올 때는 지금이 아니라 15~20년 후에도 함께할 수 있을지 몇 번이고 고민했으면 좋겠다. 단순히 외로움을 달래기 위해 반려동물을 데려왔다면 그 외로움이 해소되었을 때 반려동물의 존재 의미도 사라지기 쉽다. 나를 위한 입양이 아닌, 나를 필요로 하는 동물을 위한 입양이 될 수 있길 바란다.

히끄네 집은
보수 중

올해 여름 제주에는 해마다 오는 강한 태풍은 안 왔지만, 비가 유독 많이 내렸다. 당근 파종을 7월 초에 했는데 이때부터 오기 시작한 비가 두 달 가까이 내렸다. 당근밭이 침수될 정도였지만 다행히 잘 자라주었다. 당근 파종 후 관리는 생육 주기와 날씨에 따라 눈치껏 해야 하는데, 타이밍이 맞지 않아 비를 맞으며 밭일을 해야 했다. 여름에 햇볕이 쨍쨍하고 가물어야 귤이 맛있는데 올해 제주 귤은 작년보다 당도가 낮을 거라고 동네 삼춘이 일러주었다.

비가 여러 날 오니 집이 너무 습하고 물때와 이끼가 외벽에 올라와서 페인트칠을 다시 해야 할 상태가 됐다. 하얀 털을 자랑하는 히끄도 목욕할 시기가 되면 혀가 닿지 않는 겨드랑이와 등이 누레지는 것처럼, 흰색 집이라 지저분한 게 더 잘 보였다. 겨울이 되면 제주의 거센 바람과 추위 때문에 공사가 더 힘들 것 같아서 7년 만에 리모델링을 시작했다. 7년 전에는 내외부 전반에 걸쳐 공사했다면 이번에는 외부를 중심으로 손봤다.

인테리어 업체 사장님이 공사 견적을 내러 방문했다. 외벽 페인트보다 옥상 방수가 더 시급하다고 해서 올라가 보니 1980년대에 지은 집이라 옥상 방수가 전혀 되어 있지 않았다. 시멘트 가루가 많이 소실되고 균열이 심해 언젠가는 비가 내부로 샐 수 있겠다 싶었다. 이제껏 제주가 원래 습해서 집도 습한 줄 알았는데, 옥상 방수를 하고 나니 습한 게 마법처럼 없어졌다. 인테리어 업자를 고용한다고 해도 매의 눈으로 참견하지 않으면 엉망으로 마감하기 일쑤다. 그래서 항상 옆에서 지켜보고 있어야 한다. 제주도라 건축 자재 배송이 늦고 날씨가 안 좋아 공사가 지연되는 것 또한 스트레스다. 그러다 보면 본의 아니게 직접 공사에 참여해야 하는 일도 생긴다. 자재만 사면 할 수 있는 실리콘 마감이나 외벽 방수는 그때부터 내 손으로 했다. 특별히 재주가 있어서 하는 게 아니라 제주도에 살면 어쩔 수 없이 손수 하게 되는 일들이다. 원래 하던 일이 아니니 어떤 자재를 쓸지 고르고 선택하는 일도 어렵다.

직접 자재를 고르면서 자동차를 살 때 생긴다는 '보태보태 병'이 집수리에도 적용된다는 걸 느꼈다. '조금만 돈을 추가하면 더 좋은 자재를 살 수 있는데' 하며 야금야금 업그레이드하다가 어느새 예산이 훅훅 올라갔다. 히끄와 함께 살 집이니까 조금 비싸도 오래가는 자재를 쓰고 싶었다.

마당 담장에 자란 담쟁이도 집수리하는 김에 손봤다. 그간 방치했더니 너무 무성해지기도 했고, 잎에 병도 생겼기 때문이다. 농사에서 가지치기는 '이러다 죽는 거 아냐?' 싶을 정도로 과감하게 해야 한다고들 한다. 그 많던 담쟁이도 어느새 줄기 정도만 남고 모두 정리됐다.

방수부터 담쟁이 가지치기까지, 주택에 살면 새롭게 깨닫는 것이 있다. 무슨 일이 생겼을 때 관리사무실에 전화하면 다 해결됐던 아파트에서 살 때는 알지 못했던 수고로움이다. 집 보수를 하면서 예상치 못한 일들이 생기고, 안 하던 노동으로 손목과 허리가 아프지만, 이게 모두 히끄와 행복하게 살기 위한 노력이라 생각하면 힘들지 않다. 마당에서 언뜻언뜻 보이는 히끄를 보면 위안이 된다. 그렇게 히끄는 7년 전에도, 지금도 나에게 존재만으로도 큰 힘이 되고 있다.

히끄의 하늘

히끄와 함께 하늘을 보고 있으면 제주에서 살길 잘했다고 생각한다. 히
끄도 나와 같은 생각이겠지?

#나의행복 #낮인데둥근달이떴다

아부지의
첫 건강검진

히끄는 매년 한두 번 동물병원에서 건강검진을 한다. 그 모습을 본 친구가 "히끄 건강은 그렇게 신경 쓰면서 너는 왜 건강검진을 받지 않아? 너도 이제 30대 후반이고 한 번도 건강검진을 하지 않았으니까 올해는 꼭 하자"며 재작년부터 설득했다. 그때마다 "나는 사람이라 아파도 의사를 표현할 수 있고 기대수명이 높지만, 동물은 그게 아니니까 히끄랑 같을 순 없지"라고 되받아쳤다.

2년 넘게 지켜만 보던 친구는 이대로 안 되겠다 싶었는지, 내 의사는 묻지도 않고 자기 돈으로 건강검진 예약을 해 버렸다. 이렇게라도 하지 않으면 평생 건강검진을 안 할 거라고 판단한 것이다. 덕분에 위·대장내시경과 MRI까지 포함해서 100만 원 상당의 건강검진을 '친구 찬스'로 받게 되었다.

동물병원에서 200만 원을 결제해도 아무렇지 않았는데 나한테 이런 돈을 쓴다는 게 사치스럽게 느껴졌다. 비용도 비용이지만 '히끄네 농장'을 오픈해서 한창 천혜향 판매로 주문이 밀려오고 바쁠 때라 고민이었다. 그 와중에 시간을 내어 서울까지 다녀오려니 고마움보다 부담감이 커졌다.

'어떻게 하면 최소한의 시간으로 건강검진을 받을 수 있을까? 대장내시경만 아니면 당일치기로 다녀와도 될 텐데….'

이런 생각을 하다가 대장내시경 검진을 위해 5일 전부터 식이조절을 할 때쯤엔, 검진을 피할 방법은 친구와 절교하는 수밖에 없다는 결론에 이르렀다. 하지만 건강검진이 예정된 의료재단에서 대장내시경 준비 약을 택배로 보내주고, 사전 안내 전화를 두세 번씩 하며 신경을 써 주는데 취소

하는 건 예의가 아닌 것 같았다. 결국 내키지 않는 걸음으로 서울행 비행기에 올랐다.

드디어 3월 5일, 생애 첫 건강검진이자 첫 수면마취를 앞두고 공항으로 향하기 전에 히끄를 꼭 안아주고 건강한 모습으로 다녀오겠다고 말해줬다. 대장내시경 때문에 검진센터 근처에 호텔을 예약하고, 검진 전날 저녁부터 이온음료 맛의 약을 물 3리터에 타서 세 시간에 나눠 마셨다. 대장내시경 후기를 보면 약 먹는 것부터 힘들다는데, 나는 평소 물을 많이 마시는 편이라 괜찮았다. 약 맛도 생각보다는 나쁘지 않았다. 다만 새벽까지 몸 안의 모든 걸 쏟아내느라 진이 빠졌다.

다음 날 아침 일찍부터 꽤 많은 사람이 건강검진을 받고 있었지만, 전문적인 일 처리 덕분에 검진은 공장 시스템처럼 일사불란하게 진행됐다. 부인과 검진에 대해 여러 괴담이 있어 걱정했지만, 많이 배려해 주어서 아무렇지 않았다. 막상 검진이 끝나고 나니 오랜 숙제를 마친 기분이 들었다.

'한 집안의 가장이자 한 고양이의 반려인으로서 내 몸 건강도 책임져야 하는데, 제일 중요한 건강 상태를 모르고 있었구나.'

막상 내가 겪어보니 건강검진을 받을 때마다 히끄의 동공이 왜 그렇게 흔들렸는지 이해할 수 있었다. 사람도 건강검진을 하려면 이렇게 피곤한데, 그동안 히끄도 아부지가 극성이라 힘들었겠구나 싶어 미안했다. 하지만 동물 건강검진은 사람보다 중요한 만큼, 아부지 역시 그것만은 포기할 수 없다.

한편으로는 내가 히끄를 위하는 것처럼, 나를 위해 건강검진을 예약한 친구의 마음도 깨닫고 고마움을 전했다. "작은 병을 방치하면 큰 병 된다"는 말은 생명 있는 모든 존재에게 해당하는 말이건만, 지금까지 히끄만 걱정했지 내 몸은 제대로 돌본 적이 없었다. 친구 덕분에 소중한 깨달음을 얻었다.

기본에 충실한
삶

텃밭에 심은 유기농 당근을 12월에 모두 수확했다. 작년에는 파치가 많아서 지인과 친구들에게 나눔을 많이 했는데, 올해 파치는 이웃과 나눠 먹을 당근 스프를 끓일 정도로만 나왔다. 그만큼 상품성이 높아졌다는 얘기다. 올해 마지막 일정이었던 당근 농사의 결실이 좋아 기뻤다. 작년보다 상품성도 좋고 당도가 높아 내년에 반려동물 식품 회사인 조공에서 판매될 '히끄네 텃밭 스틱'이 벌써 기대된다.

당근 농사가 이렇게 잘 될 거라고는 예상하지 못했다. 올해 7월 당근을 파종한 뒤 두 달 가까이 비가 계속 내렸기 때문이다. 무섭게 내리는 비 탓에 직접 나가보지는 못하고, 외출했을 때 히끄가 잘 지내나 가정용 홈캠으로 확인하듯 밭쪽 CCTV로 지켜보는 날이 많았다.

다행히 침수는 면했지만 잦은 장맛비 탓에 당근 잎이 웃자랐다. 뿌리로 가야 할 영양분이 잎으로 간 것이다. 원래 수확할 무렵이나 되어서야 잎이 쳐지는데, 때가 아닌데도 잎이 무거워져 하나둘 쳐지는 게 보였다. 친환경 자재 판매 담당자에게 도움을 요청했고 그에 맞는 처방 시비(작물 상태에 맞는 유기농 비료)를 꾸준하게 방제하니 쳐졌던 잎이 올라갔다. 당근 농사 2년 차, 작년과 재배환경이 달라지니 또 이렇게 배운다. 경험이 쌓인 만큼 내년에는 더 잘할 수 있을 것 같다.

밭일 나갈 준비를 하니, 히끄네 민박에 묵은 손님이 조심스럽게 물었다.

"옛날에 어르신들 말씀이 농사는 씨만 뿌리면 땅이 알아서 키워준다고 하는데, 맞나요?"

반은 맞고 반은 틀리다. 농사의 매력은 작은 씨가 큰 열매가 되는 것이지만 어떤 사람이 어떻게 농사짓느냐에 따라 수확량은 달라진다. 하늘과 땅이 하는 일이라고 손 놓고 있으면 딱 그에 맞는 수확량만 얻게 된다. 폭우가 오기 전에는 고랑을 깊게 파고 당근을 보호하기 위해 흙을 덮어준다. 엄청난 폭우와 태풍에 헛일이 될 수도 있지만, 그래도 사람이 할 수 있는 일을 해 보고 당하는 것과 아무것도 안 하고 당하는 건 다르다.

농작물은 농부의 손길을 느끼고 발소리를 들으며 자란다. 적절한 시기에 땅에 씨앗을 뿌리고 잡초를 뽑으면서 잘 보살피는 게 농사의 기본이다. 제때 해야 할 일이 워낙 많은데, 기본에 충실해야 좋은 결실을 얻는다. 농사를 시작하면서 해마다 배우고 느끼는 게 있다. 올해는 '기본만 해도 먹고 산다'를 배웠다.

기본만 잘 지키면 좋은 결과를 얻는 건 꼭 농사에 한정되는 게 아니다. 땅의 가르침은 다른 일을 할 때도 적용됐다. 고양이와 함께 사는 반려인으로 기본에 충실하며 히끄를 돌보는 것 또한 내가 해야 할 역할 중 중요한 부분이다.

올해는 여러모로 좋은 한 해였다. 그로 인한 부담과 기대 탓인지 매너리즘에 잠깐 빠졌었다. 내 일을 좋아한다고 생각했는데, 아침에 할 일을 생각하면 몸이 무거워져 일어나기가 힘들었다. 그래도 히끄의 아침밥을 제시간에 챙겨야 하고 화장실도 바로 치워야 하니까, 의무감에서라도 침대에서 벗어나게 되어 일상을 유지할 수 있었다.

히끄와 함께 살게 됐을 때 나만이 히끄를 행복하게 할 수 있을 것 같았다. 지금도 변함없는 생각이다. 여전히 '이 일은 나만 할 수 있는 일, 그래서 내가 잘해야 하는 일'이라고 생각한다. 동물 친구들은 많은 걸 바라지 않는다. 내년에도 히끄의 반려인이자 직업인으로서 기본에 충실한 삶을 살아갈 것이다.

스몰 토크의 달인,
히끄

　　　　　　　　짧은 머리를 유지하다 보니 두 달에
한 번은 미용실에 가야 한다. 그때마다 주저하는 이유는 단골 미용실이
버스로 두 시간 거리인 제주시에 있어서만은 아니다. 머리카락을 자르는
30분 동안 디자이너와 나누는 스몰 토크(small talk)가 힘들어서이다. 미용
실에 갈 때가 다가오면 굳이 미용하지 않아도 적당한 털 길이를 유지하면
서 풍성함을 자랑하는 히끄가 부럽다.

처음 만났거나 자주 만나지 않는 사람과 이야기할 때도 대화를 잘 주도하
는 편이고, 스스로 적당히 재미있는 사람이라고 생각한다. 그런데도 미용
실에서의 대화가 괴로운 이유는 크게 두 가지다. 첫 번째는 고객 응대로
스몰 토크를 해야 하는 서비스직에 대한 감정이입이 되어 불편하다. 두 번
째는 내 이야기가 대단히 놀랄 만한 내용도 아닌데 "정말요?" 하고 호들갑
스럽게 맞장구치는 리액션을 듣는 것이 괴롭다. 되도록 내 머리카락과 가
위질에만 집중해줬으면 좋겠다. 그러다 보니 새로운 미용실에 가면 자연
스레 말을 안 걸 것 같은 인상의 디자이너를 찾게 되었다.

어느 날 민박 손님이 함께 오조포구를 산책하면서 물었다.

"저는 내향적이라 모르는 사람들과 한 공간에 있는 게스트하우스가 불편
할 것 같아 독채 민박에 왔는데요. 사장님도 내향적인 분이시죠?"

그 말에 깜짝 놀랐다. 그동안 인터뷰나 방송 출연을 하면서 스스로 외향적
으로 변했다고 생각했고, 손님과 대화할 때도 나름 '텐션'을 끌어올렸는데
내향인은 같은 내향인을 알아본 것이다. 아무리 노력해도 본성은 드라마
틱하게 변하기 힘들다는 걸 다시 한번 깨달았다.

그러고 보니 외부 활동을 하고 나서 집에 혼자 있으면 방바닥에 하염없이 누워있게 된다. 체력적으로 힘들어서가 아니라 소모된 감정을 충전하기 위해서다. 이른바 '기(氣) 빨린 상태'인데, 사업 미팅이나 회의를 하고 돌아와서는 이렇게 기 빨린 증상이 도지지 않는 걸 보면 개인적인 스몰 토크가 내게는 얼마나 큰 에너지를 요구하는지 알겠다.

반면 히끄는 '파워 외향묘'이자 스몰 토크의 달인이다. 원하는 게 있으면 정확하게 '야옹' 소리를 내어 요구하고, 기분이 좋을 땐 갸르릉거리며 적극적으로 표현해서 속마음이 해파리만큼이나 투명하게 보인다. 이 외에도 장난감을 물고 다니는 동시에 요상한 울음소리를 내어 사냥 능력을 자랑한다. 온종일 함께 있다 보면 나보다 더 말을 많이 할 때도 있다. 히끄가 사람이었다면 내 고막이 성치 않았을 것 같다.

고양이는 사람과 대화할 때만 '야옹' 소리를 낸다고 한다. 같은 종인 고양이들하고는 '꾸르르륵' 같은 소리나 서로의 냄새, 표정, 몸짓을 통해 소통한다. 그래서인지 우리 집 마당에 사료를 먹으러 오는 동네 고양이가 담장을 넘어 쪼르르 달려오는 표정과 몸짓을 관찰하게 된다. 어쩌면 인간관계에서 나누는 직접적인 대화의 행위보다 동물들이 서로 소통하는 행위야말로 고차원적인 대화의 방법인지도 모르겠다.

아빠를
이해하게 된 순간

올 초 시작한 농산물 판매 때문에 블루베리 농장에 있는데 오빠에게서 전화가 왔다. 어린 조카들이 블루베리를 잘 먹어서 오빠도 항상 주문하던 터라, 혹시 과육이 깨져 도착했나 물었다. 그런데 예상치 못한 대답이 돌아왔다. 아빠의 6남 1녀 형제 중 장남이자 집안의 큰 어른이셨고, 모두에게 항상 인자하셨던 큰아버지가 갑작스러운 사고로 아침에 돌아가셨다는 비보였다.

민박 예약이 계속 차 있어서 발인까지 지킬 시간이 안 됐지만, 당일치기로라도 마지막 인사를 드리고 싶어 비행기표를 알아봤다. 다행히 아침 일찍 출발하는 비행기가 있었다. 당일 마지막 비행기를 타고 돌아올 거라서 히끄 밥그릇에 저녁 먹을 양까지 수북이 쌓아줬다. 영문을 모르는 히끄는 저녁까지 나눠 먹어야 할 고봉밥을 맛있게 먹었다. 장례식장에 가는 거라 검은 바지와 셔츠를 입었는데, 고봉밥에 기분이 좋아진 히끄가 자꾸 부비부비를 했다. 그 바람에 집을 나서기 전에 돌돌이로 털을 떼야만 했다. 그렇게 꼼꼼히 떼어냈는데도 고향에 도착했을 때 검은 양말에 여전히 히끄 털이 붙어 있었다. 이런 이유로 히끄와 함께 살면서 검은색 옷을 안 입게 된다.

다복한 집안의 큰 어른이 갑작스러운 사고로 돌아가신 상황이라 슬픔은 더욱 컸다. 삼일장 중 이틀째 도착했기에 장례식장 분위기는 차분했다. 친척들은 멀리서 온 나의 안부를 묻고, 고맙게도 히끄의 안부도 물어줬다. 얼마 전부터 길고양이 밥을 챙겨주기 시작했다는 사촌 오빠는 길고양이들 사진을 보여주며 조언을 구했다. 외면하고 싶은 흉흉한 뉴스가 많지만 그래도 세상은 좋은 방향으로 변해가고 있었다.

7년 만의 귀향이라 오랜만에 보는 고향도, 가족도 조금은 낯설었다. 고향 방문을 꺼린 데는 아빠와의 관계가 불편한 탓도 있었다. 자식에게는 최고의 아빠였지만 엄마한테는 냉담했던 모습이 미워서 일부러 만남을 피해왔다. 그런데 5년 만에 얼굴을 보니 눈물이 왈칵 났다. 부모님의 인생을 마음대로 재단했던 미안함, 나에 대한 사랑은 진심이었음을 알기에 감사한 마음이 교차했다.

부모님이 속 썩이는 자식에게 흔히 하는 말씀이 '너도 자식 낳아봐라'라는 말이다. 히끄를 키우다 보니 더욱 아빠를 닮은 나를 발견하게 된다. 아빠는 중요한 순간에 항상 내 곁에 있었다. 어린 시절 수줍음이 많아 사람 많은 곳에서는 캥거루처럼 아빠 품속에 있었다. 발가락에 티눈이 났을 때 매일 약을 발라준 것도, 사춘기 여드름이 피부병인 줄 알고 피부과에 데려간 것도 아빠였다. 막내의 특권으로 부모님과 함께 잤는데 새벽에 이불을 발로 차면 다시 덮어주는 것도 아빠였다. 내가 히끄에게 주는 사랑은 아빠가 내게 준 사랑과 비례했다.

태어난 집에서 계속 살아가는 게 최고였던 부모님의 인생이 있고, 태어난 집을 떠나 살아가는 게 행복했던 내 인생이 있다. 나부터 부모님의 인생을 이해하지 못했는데, 부모님이라고 자식의 인생을 이해할 수 있었을까. 왜 당연하게 나만 이해받길 바랐을까.

히끄 아부지가 되어 보니 자식이 얼마나 귀한지 알게 되고, 아빠가 나를 염려하는 마음도 간섭이 아닌 사랑이라는 걸 알았다. 부모님께는 언제까지나 아이 같던 언니와 오빠가 결혼하고 가정을 꾸려 손주들을 안겨줄 때, 아빠 마음은 또 얼마나 뭉클했을까. 그것도 일종의 효도라는 걸 깨달았다. 나는 부모님에게 어떤 기쁨을 줄 수 있을까. 고양이 손자 히끄와 함께 잘 생각해봐야겠다.

히끄네 농장의
꿈

평소에 친구들과 어울리며 시간을 보내기보다는 집안일을 하면서 히끄와 함께 있는 걸 더 좋아한다. 그래서 시간이 여유로운 생활을 하는 편이었는데, 올해 '히끄네 농장'을 시작하게 되면서 집 밖에서 보내는 시간이 많아졌다.

제주 농산물을 인터넷으로 판매하는 히끄네 농장은 우연한 기회로 시작됐다. 2022년 2월 농업기술센터에서 농사를 함께 배웠던 언니가 "천혜향이 맛있는 하우스를 통째로 사고 싶은데, 나는 판로가 많지 않으니 수확부터 판매까지 함께 해 보자"며 제안해 왔다. 그때만 해도 히끄네 농장을 이렇게 꾸준히 하게 될 줄은 몰랐다.

지금은 아르바이트생을 고용하지만, 이땐 선별 작업부터 포장 상자를 테이프로 붙이는 물류 작업까지 직접 했다. 추운 농장에서 천혜향을 밤새 하나하나 선별하느라 손마디가 아팠고 손끝이 갈라졌다. 닷새 동안 수확과 선별을 끝내고 나니 농장 컨테이너에 빼곡히 쌓인 천혜향이 5톤에 달했다. 산더미 같은 물량 앞에 갑자기 부담감이 밀려왔다.

'다 안 팔리면 어떡하지?'

하지만 기우였다. 꼼꼼히 선별한 맛 좋은 천혜향을 받은 고객의 반응은 엄청났다. 판매 열흘 만에 완판 달성! 리뷰를 모두 읽어보고 알았다. 누구나 가격이 싼 제품을 선호하겠지만, 싸기만 하고 질 낮은 상품보다 제대로 된 상품을 원한다는 걸. 내가 좋은 농산물을 구하기만 한다면 구매할 고객은 많다는 걸 입증한 계기였다. 이후 블루베리부터 초당옥수수, 단호박, 레드키위, 귤까지 완판이 이어졌다.

물론 좋은 일만 있는 건 아니다. 얼마 전 황금향 판매를 위해 새로운 거래처를 소개받았는데 자꾸 말이 바뀌었다. 일주일에 1톤 분량은 못 준다고 했는데, 얼마 후 준비 상황을 물으니 1톤 넘게 수확해서 바로 줄 수 있다고 했다. 처음엔 비상품(덜 익거나 유통 규격에 미달한 상품)은 선별해서 준다더니, 막상 거래할 때는 상태가 안 좋고 신선도가 떨어지는 황금향이 많이 보였다.

이렇게 복잡한 상황을 설명할 여유가 없어 고객들한테는 당도 문제 때문에 계속 판매할 수 없다고 했다. 하지만 꼭 그 문제만은 아니었다. 이 농장과 더는 거래하고 싶지 않아서 내린 결정이었다. 부족한 물량은 다행히 다른 농장의 황금향을 사 와서 맞출 수 있었다. 시세보다 비싼 값에 사 왔지만 히끄네 농장을 믿고 주문해 준 분들께 신용을 지키고 싶었다.

이렇게까지 하는 이유는 뭘까? 사실 농장 이름을 지을 때, 혹시라도 히끄에게 피해를 줄까 봐 다른 이름으로 하려고 했다. 그런데 민박을 열 때도 그랬듯이 '히끄의 이름에 폐가 되지 않게 잘 해내면 되잖아?' 하고 생각하니 고민이 사라졌다.

히끄네 농장은 SNS 인플루언서들이 흔히 진행하는 공동구매 방식이 아니다. 1년 동안 농산물이 잘 자랐는지 직접 내 눈으로 확인하고, 해당 농가와 수확·선별을 함께하면서 소통한다. 돈을 받고 농산물을 판매하는 사람이라면 이 정도의 노력은 당연한 거라고 생각한다.

히끄네 농장에서 주문한 분들께 함께 보내드리는 히끄 사진이나 스티커 덕분에 더 좋아하시는 것 같기도 하다. 예전에 히끄 엽서를 제작해놓은 게 있어서 천혜향을 구매해 준 분들께 감사의 마음으로 넣은 것이 시작이었다. 받으신 분들의 반응이 좋아 지금도 계속 이벤트를 하고 있다. 무엇보다도 히끄 사진과 함께 리뷰나 인증샷을 찍으니 더 예뻤다. 재주문하는 분이 많다 보니 다음에는 어떤 사진이 올까 궁금해 하시고 "히끄 사진을 샀더니 귤이 왔어요"라며 재미있는 후기를 남겨 주시는 분도 있다.

이 선물은 개인적으로도 의미가 있다. 택배 상자에 농산물을 넣고 마지막으로 히끄 사진을 넣으면 '히끄가 검수 완료!' 하는 느낌도 들고 '히끄 얼굴에 먹칠하지 말자'라고 다짐하는 계기도 되기 때문이다.

히끄네 농장 운영 10개월째, 히끄와의 일상에도 변화가 생겼다. 농산물 판매가 시작되면 새벽 다섯 시에 일어나 편도 두 시간이 걸리는 버스를 타고 농장에 출근한다. 다른 반려 가족에게는 반려인이 출근하는 것이 흔한 일상이지만 우리에겐 처음 있는 일이다. 항상 아부지와 함께 있다가 혼자 있는 시간이 늘어난 히끄는 장난감 통에서 스스로 장난감을 꺼내 놀기도 하고, 마당 고양이들과 창문을 가운데 두고 대화를 하기도 한다.

잘 있을 건 알지만 그래도 일하는 틈틈이 CCTV로 히끄의 안부를 확인해야 마음이 놓인다. 자식을 독립시키는 마음이 이런 기분일까. 그럴수록 히끄와 함께 하는 일상이 소중하다는 걸 깨닫고 농장에 출근하지 않는 날에는 히끄를 보살피는 시간에 집중한다. 택배 주문이 밀려 있어도 야근을 하지 않는 이유도, 새벽부터 농장에 가는 이유도 모두 '집사의 도리'를 다하기 위해서다.

때론 혼자 있는 히끄가 짠하기도 하지만 안정된 미래를 위해 서로가 조금씩 양보하는 시간이라 생각하기로 했다. 20대 시절 나는 무엇을 할지 몰라 방황했다. 이제는 그 방황을 보상받을 시간이다. 방법은 기회가 왔을 때 열심히 하는 것뿐이다. 나에겐 히끄라는 충전기가 있기에 그 어떤 '방전'도 두렵지 않다.

이신아

법학을 전공했지만 졸업 후 무엇을 할지 몰라 2년을 방황했다. 한 달만 여행하러 왔던 제주에 정착한 지 3년이 되던 해, 희끄무레한 길고양이를 만나 히끄라는 이름을 주고 가족이 되었다. 엄마라는 이름은 너무 소중하기에 히끄의 진짜 엄마에게 양보하고 '아부지'가 되기로 했다. 길고양이에서 인스타그램 20만 팔로워를 보유한 '우주 대스타'로 거듭난 히끄와 함께 민박 '스테이 오조'를 운영하고 농사를 지으며 여러 활동을 하고 있다. 쓴 책으로 《제주탐묘생활》, 《히끄네 집》, 《당신도 제주》(공저)가 있다.

SNS: instagram.com/heek_r

제주탐묘생활
히끄네 집, 두 번째 이야기
ⓒ 2023. 이신아

초판 1쇄 발행 2023년 2월 27일
초판 3쇄 발행 2023년 4월 4일

지은이 이신아
펴낸이 고경원 | **편집** 고경원 | **디자인** Studio Marzan 김성미

펴낸곳 야옹서가 | **출판등록** 2017년 4월 3일(제2020-000107호)
주소 서울시 마포구 월드컵북로 400, 5층 19호
전화 070-4113-0909 | **팩스** 02-6003-0295 | **이메일** catstory.kr@gmail.com

---

ISBN 979-11-91179-16-3 (03810)

이 책의 저자 인세 일부는 (사)제주동물친구들(www.jejuanimals.com)에 기부합니다.